DESISTIR, JAMAIS!

Iria Schnaider

DESISTIR, JAMAIS!

2003

EDITORA BEST SELLER

Coordenação editorial
Janice Flórido

Editores
Eliel Silveira Cunha
Fernanda Cardoso

Edição
Frank de Oliveira

Editoras de arte
Ana Suely S. Dobón
Mônica Maldonado

Revisão
Calvin Carruthers

Editoração eletrônica
Dany Editora Ltda.

EDITORA NOVA CULTURAL LTDA.
Direitos exclusivos da edição em língua portuguesa no Brasil
adquiridos por Editora Nova Cultural Ltda.

EDITORA BEST SELLER
uma divisão da Editora Nova Cultural Ltda.
Rua Paes Leme, 524 – 10º andar
CEP 05424-010 – São Paulo – SP
www.editorabestseller.com.br

2003

Impressão e acabamento:
RR Donnelley América Latina
Fone: (55 11) 4166-3500

À memória de meu pai,
Manoel Júlio Raimundo,
cuja simplicidade e humildade ensinaram-me muito.
Um homem que aprendi a conhecer e
a valorizar, talvez um pouco tarde.
Um homem que, apesar de ser analfabeto,
sabia como ninguém ler e interpretar
as entrelinhas da vida.
Um pai que me deixou como herança o seu
exemplo de vida, bondade, alegria e, acima de tudo...
uma enorme saudade.

Iria Schnaider

Agradeço

a Deus, pela oportunidade de viver
este momento único

a meu marido, Hilário Schnaider,
pela pessoa maravilhosa que é

ao escritor Cláudio Bersi de Souza,
pelo incentivo, atenção e carinho

a Izilda e Carlos Gattáes, de todo o coração,
pelas inúmeras provas de amizade já recebidas

a Luzia Corrêa Weiss,
incentivadora dos primeiros passos desta obra.

Iria Schnaider

Desistir, jamais!

Não sei se eu diria que Nícolas é um predestinado, prejulgado ou injustamente um pré-condenado. Só sei que lendo o livro de Iria Schnaider me deparei com uma gostosa trama — daquelas que só se vê na composição de grandes autores.

Surpreendeu-me pela criatividade e narrativa perfeitas, e sobretudo pela cronologia, enredo e fechamento. Aliás, um tema bastante atual que retrata indiretamente uma realidade...

A trama que envolve o personagem Nícolas, protagonista principal da história, é das mais bem desenvolvidas que já vi.

Iria estréia na literatura com uma relevante obra, inspirada no cotidiano vivido na periferia urbana, com todos os percalços que a vida impõe. Ali onde a lei é própria e regida arbitrariamente; ali onde o amor é comprado e subjugado; ali onde há um ditador que não aceita as ordens cumpridas pela metade...

Em meio a tantas desventuras, há sempre alguém que procura ser diferente, pretendendo levar a vida nos padrões do conceito social, e não consegue... é discriminado por ser sério e castigado por isso.

Embora seja uma obra de ficção, é o retrato da verdade. Infelizmente, o mundo está cheio disso, tornando-se cada vez mais difícil de coordenar.

É uma delícia conviver com os personagens de Iria: o trabalho honesto do feirante Tio Inácio, a compreensão de Carmem, a transformação de Talita, o amor de Alice, a bondade e o carinho de Vó Belinha, a vaidade da Viúva Negra — a aventureira Dana —, o aconchego do casarão da pacata Mirinápolis.

Em contraste com o império de Betão, os mistérios de Sandro, as intransigências de Dona Olinda, os pileques do pai, a formação de Nick suplanta tudo para dar lugar à felicidade de viver em paz.

O romance de Iria proporciona uma gostosa viagem virtual, onde se projetam imagens fantásticas a cada trecho percorrido. Como primeiro livro, sua proposta é das mais convincentes para os meios literários. Com certeza ela deve ter em mente outros ricos e maravilhosos trabalhos a ser elaborados.

Com muito estímulo, quero parabenizá-la e agradecer-lhe por esta bela contribuição à nossa literatura.

Cláudio Bersi de Souza
Escritor
Agosto/2002

1

CAMINHAVA PELA praia; o sol estava escaldante e a areia lhe queimava os pés. Podia descer um pouco e andar mais próximo à água, onde, com certeza, a areia estaria menos quente; mas não faria isso.

Depois de quase uma hora, chegou aonde queria... O monte de pedras que se elevava na encosta dava-lhe uma visão sem igual: a beleza do mar, o verde da orla, o céu límpido, algumas casas lá embaixo...

Sentou-se no plano entre duas pedras, bem no cume sobre o qual desciam alguns galhos de árvores, fazendo sombra: era seu lugar predileto. Ali, protegia-se do sol inclemente, do vento que às vezes soprava forte trazendo muita areia e dos olhares curiosos de algum banhista.

Suas costas ardiam pela exposição ao sol, seus pés queimavam, seus músculos reclamavam pelo esforço de uma jornada longa e difícil. Isso era bom! Pena que não era o bastante... Tocou de leve a cicatriz do lado esquerdo do peito, logo abaixo do coração.

Já superara de certa forma a dor, mas certamente jamais conseguiria esquecer ou deixar de lembrar os acontecimentos que tinham marcado sua vida...

Agora entendia por que tantas vezes ouvira dizer que a palavra "saudade" não tem tradução para outros idiomas. Sim, ele entendia; porque *não há* como traduzir. Porque só é capaz de entender aquele que a sente, e ela já doía demais assim, sem tradução...

Olhando o mar de verde intenso, deixou o pensamento vagar nas ondas tranqüilas, que, sabia, o levariam para um tempo distante, para lembranças tão caras que fariam seu peito sangrar ainda mais.

Ele *queria* lembrar.

Fora para isso que viera: para as *lembranças*...

2

ANO DE 1975. Santo Antônio, São Paulo, Brasil.

Nascera num bairro pobre, num canto qualquer da cidade, que as pessoas chamavam de "Buraco". Morava numa casa de madeira velha, com um banheiro de tijolos. Seu pai dizia aos outros que moravam numa casa mista muito boa, metade madeira, metade alvenaria. Nick se perguntava se um banheiro de tijolos que nem sequer tinha sido rebocado e com chão de cimento bruto poderia ser chamado de alvenaria. Mas, enfim, era o seu lar.

A casa tinha dois quartos, uma pequena sala de televisão e uma cozinha, com um velho fogão a lenha que a mãe chamava de "econômico". O tanque de lavar roupas ficava no quintal ao lado dos varais, onde Dona Olinda jogava as roupas de qualquer jeito e não colocava muitos pregadores (talvez porque não tivesse tantos), o que fazia com que, quando ventasse, algumas roupas viessem a cair no chão, quando então o cachorro Budi, um vira-lata pulguento, as pisoteava numa tentativa de impedi-las de voar para mais longe. Seu esforço, no entanto, deixava as roupas imundas e, às vezes, rasgadas. Dona Olinda ficava uma fera e dizia para Nick:

— Tu vai vê quando teu pai chegá em casa, moleque. Vou contá pra ele o que tu e esse teu cão nojento fizeram com as minha roupa. Eu me mato de trabalhá e esfregá as roupa, pra vocêis fazê isso de propósito. Deixa teu pai chegá!

Nick se arrepiava só de pensar nisso, pois, apesar de Dona Olinda nunca ter batido nele nem o pai jamais ter lhe dado uma surra, ele fazia uma coisa que o apavorava: quando menos esperasse ou estivesse de costas, ou coisa assim, o pai lhe aplicava uma espécie de tapa bem em cima da cabeça, fazendo um movimento rápido com os dedos da mão quase fechada, de um jeito que as unhas dos dedos indicador e médio roçassem o couro cabeludo de tal forma que nunca chegasse a sangrar, mas causasse uma dor tão alucinante que parecia que uma navalha tinha atravessado o cérebro do garoto. A dor que sentia o fazia urinar nas calças, embora o sufocasse a ponto de ele não poder gritar. Só depois de vários minutos é que conseguia chorar, como se até então seus pulmões estivessem paralisados. Dona Olinda assistia dizendo que o pai deveria bater no garoto *de verdade*, pois quase não apanhava, pelo muito que aprontava. E quando muitos minutos depois ele começava a chorar, ela dizia:

— Tu não passa de um manhoso, Nick; vai acabá virando um maricas.

Com isso, o garoto tornou-se desconfiado, sempre alerta, à espreita para ver se o pai estava por perto e, assim, ficar o mais longe possível dele e evitar a tortura. Mas não era muito difícil encontrá-lo: seus refúgios eram o quarto (que não possuía trancas na porta) e a casa do Budi, que consistia na verdade em um amontoado de lixo, caixas de papelão velhas, garrafas de refrigerante vazias etc. na lateral mais estreita da casa.

Nick tinha um irmão, Sandro.

Sandro era dois anos mais velho e pouco parava em casa. Desde cedo acostumara-se a andar pela vizinhança jogando bola no campinho (um pedaço de terreno baldio no fim da rua) com os outros garotos do Buraco. Nick várias vezes tentara fazer o mesmo, mas a mãe nunca deixara.

— Tu ainda é muito pequeno pra andá por aí, e, além disso, eu preciso da tua ajuda em casa.

Essa desculpa não tinha pé nem cabeça, pois se alguém podia ajudá-la em casa era o Sandro, que já tinha doze anos. Mas Nick sabia por que ela nunca o deixava sair: ela precisava de alguém em quem pôr a culpa pela roupa suja, a comida queimada, a casa bagunçada, a louça quebrada...

Às vezes Nick ouvia a mãe conversando tardes inteiras com a vizinha na cerca:

— Se não fosse por essa porquera de guri, o Osvaldo não tinha arranjado mulhé fora.

— Por que tu diz isso, vizinha?

— Por quê? Porque essa gravidez foi horrorosa que é o demo; vomitei até as tripa. Fiquei feito uma balofa e ainda por cima o parto deu todo errado; sofri feito uma égua, quase me rasgaro toda.

— Mas não foi o doutô do hospital que te atendeu?

— E aquilo é doutô? Aquilo é um açoguero. Ainda disse pro Osvaldo que só conseguiu salvá eu e o menino por um milagre de Deus...

— E o que o Osvaldo disse?

— Hum! Só faltô beijá os pé do sem-vergonha. Isso memo depois de ele tê dito que eu nunca mais ia pari...

— Ué, mas hoje em dia isso é até bom. Vocêis já tem um sofrimento com esses dois, imagina com mais filho.

Dona Olinda olhou para ela, furiosa:

— Acontece, Marta, que o Osvaldo sempre sonhô com uma menina, e olha o que Deus me deu: um pivete.

— Calma, Dona Olinda! Eu não sabia dessa história, não!

Dona Olinda botou as mãos na cintura (ou na falta de) numa pose desafiadora. Aos 34 anos, apesar das pernas finas, tinha uma barriga proeminente e os seios muito caídos, devido à falta de uso de sutiã. Era uma mulher morena que, um dia, embora o mau humor não mostrasse, já fora bonita.

— Foi por isso, Marta, que ele foi procurá piranha na rua. Porque esta peste do Nick me deixou deste jeito: feia e barriguda... — E com um olhar suplicante voltado aos céus, continuou: — Se ao menos eu pudesse dá a menina que o Osvaldo tanto queria, ele com certeza ia me procurá mais veiz...

Marta, que era mais nova que Dona Olinda, tinha uma menina de seis anos, Talita, um menino de dois, Carlos Eduardo, e estava grávida de mais um. Era uma mulher clara, do tipo comum, nem bela nem feia, mas era muito simpática, principalmente com as crianças, e despertava por isso a inveja da vizinha, ainda mais pelo fato de ter uma menina.

A conversa continuou por mais uma hora, em que Dona Olinda praticamente falava sozinha e Marta apenas ouvia, murmurando de vez em quando frases do tipo "Claro!, Sim, senhora!, Não é possível!, A senhora tem razão!". Apesar de não concordar com tudo o que Dona Olinda dizia, Marta sabia que era melhor não contrariá-la.

Naquela tarde, ao lado de Budi, sentado sobre o monte de lixo que era sua morada, Nick tomou uma decisão:

— Vou fugir de casa!

A idéia não lhe saía da cabeça: ia sair de casa, custasse o que custasse! Não ia viver para sempre naquele mundo sujo e injusto.

— Mãe, tô com fome! — era Sandro entrando em casa.

Já eram quase seis horas da tarde e Dona Olinda continuava batendo papo com a vizinha.

— Já vou, querido! — gritou ela, virando-se em direção à porta dos fundos da casa, que dava na cozinha.

— Marta, tenho que entrar. Meu filhinho adorado chegou e está com fome; é um amor de menino, ele nunca me incomoda.

— Vá, vá, Dona Olinda. Também tenho que ir vê as criança, que deixei brincando lá no chiquerinho.

O chiqueirinho era um canto da casa fechado por duas tábuas, formando um espaço no chão com uma altura de aproximadamente 80 cm, com 1 metro de largura por 1,5 metro de comprimento, dentro do qual colocava alguns brinquedos junto com as crianças. Ali elas ficavam a maior parte do dia. Certa vez Marta disse a Dona Olinda que encontrara Carlos Eduardo, o Dudu, todo cagado e que tinha certeza de que ele havia comido merda, pois não chorara com fome naquela tarde.

— Até mais, Marta!

— Até mais, Dona Olinda!

Dona Olinda entrara correndo e encontrou Sandro à mesa.

— Mãe, o meu lanche não tá pronto?

— Desculpe, filhinho, foi o pestinha do seu irmão que me incomodô a tarde toda, quase não pude fazê nada e ainda por cima a Marta me chamô pra pedi uns conselho por causa dos filho. Coitada, não sei o que seria dela sem a minha ajuda... — e assim desfiou seu rosário de mentiras e futricas, enquanto fazia um sanduíche enorme com duas fatias de pão, doce de goiaba e um pedaço de lingüiça. Eles não tinham dinheiro para comprar essas coisas, mas Seu Osvaldo sempre trazia algo. Algumas coisas que trazia tinham cara de velhas, as latas eram normalmente enferrujadas, e os pedaços de queijo embolorados. Mas matavam a fome.

Um dia Nick ouviu Sandro falando sozinho com uma lata de pepino na mão:

— Sei muito bem de onde o pai traz isso. É mercadoria vencida que o supermercado joga lá no lixão.

Sandro não era de falar muito, mas, apesar dos seus poucos anos de vida, era bem esperto. Para um garoto de doze anos que nunca freqüentara escola e que não sabia ler, era muito sabido e estava sempre por dentro das coisas.

Quando acabou de fazer o lanche de Sandro, a mãe pôs o prato na frente dele:

— Come, meu garotão. Quero ver você bem forte e bonito.

Vendo que ela estava de bom humor, Nick aproveitou:

— Mãe, faz um pra mim também?

— Deixa de sê vagabundo que tu não é alejado nem nada. Faiz aí teu lanche, mas vê se não come lingüiça, esse pedaço que sobrô é pro teu pai quando chegá. Eu não sei se ele vai trazê alguma coisa hoje.

Quando Seu Osvaldo recebia o pagamento, comprava refrigerantes e outras coisas, mas não durava mais que uma semana; depois disso, comiam o que ele conseguisse trazer.

Nick comeu o pão e foi pro quarto. Ele sempre dormia cedo.

Um dia Nick conseguiu escapar sem que a mãe notasse e foi se esgueirando até o campinho para ver o irmão jogar bola. Atravessou a valeta de esgoto, passou pela picada no mato e chegou ao local, sempre olhando para trás para ver se a mãe o estava seguindo. Sabia que, se ela sentisse a sua falta, ia sofrer nas mãos do pai, por isso tinha de ser rápido.

Com o coração querendo sair pela boca, escondeu-se atrás de uma árvore e ficou observando. Havia vários garotos (ele não sabia contar ainda) de diversas idades. Nick conhecia quase todos, mesmo que fosse só de vista. O maior deles era o Betão, que devia ter uns dezesseis anos; era um moleque muito alto, magricela e ruivo, tinha um olhar de poucos amigos e mandava em todos os garotos do Buraco. Todo mundo tinha de obedecer a ele ou levava porrada.

Estavam sentados no chão, e Nick não podia ouvir direito o que diziam, porque estava do lado oposto do campinho, e chegar mais perto seria muito arriscado, já que alguém poderia vê-lo.

Betão falava e os outros pareciam concordar com tudo. Ele tinha algo na mão que não parava de mexer, mas não dava para ver o que era. Alguns minutos depois Nick descobriu: um cigarro, como aqueles que o pai fumava. Ele acendeu e pôs na boca; houve um murmúrio geral, como se discutissem entre si, então o Betão fez um sinal pro Leleco, um garoto gordão com cara de bolacha de chocolate, e este gritou:

— Cala a boca todo mundo! — então pegou um garoto que estava perto dele e torceu o braço pra trás.

Houve um grito, e Nick correu de volta para casa, com as pernas bambas.

Quando chegou em casa, Budi veio lamber-lhe as pernas, fazendo o maior estardalhaço. Dona Olinda gritou:

— Nick, seu pestinha, que barulhão é este?

Nick engoliu em seco e tentou falar sem tremer a voz:

— Nada, não, mãe; só tô brincando com o Budi.

— Pois pare já com isso que eu tô morrendo de dor de cabeça. Quando teu pai chegá, vou contá tudo pra ele.

Graças a Deus, Seu Osvaldo chegou muito tarde naquela noite. Aliás, ele estava chegando cada vez mais tarde, e às vezes tão bêbado que caía na cama e desmaiava. Assim, a tortura de Nick ficou adiada para a manhã seguinte. Tomou o cuidado de levantar bem cedo e se esconder no monte de lixo do Budi, lugar que cada vez menos seu pai se dava ao trabalho de ir vasculhar. Nick sempre ia dormir cedo e acordava cedo, enquanto Sandro era o contrário. Nick não via a hora em que ele ia dormir, e às vezes ele só levantava na hora do almoço.

Depois daquele dia Nick foi várias vezes ao campinho e descobriu que sempre havia uma reunião por volta das três horas da tarde, que poderia se alongar até as seis. Nessa época ele ainda não sabia que havia outra reunião lá pelas dez da noite.

Os garotos sentavam-se formando uma roda e sempre fumavam muito. Às vezes o vento trazia até Nick o cheiro da fumaça; era diferente do que sentia com a fumaça dos cigarros do pai, mas isso não tinha importância para ele.

Normalmente os garotos traziam algo que colocavam aos pés do Betão. Às vezes Nick conseguia distinguir algumas coisas: óculos, relógio, maços de cigarros...

Houve uma tarde em que um dos garotos trouxe um par de tênis e, depois de dar uma olhada séria, Betão se levantou e abraçou o garoto, dizendo:

— Manero, cara! Cê tá ficando dos bom. Mais um tempo e tu entra pro Clube — e houve uma ovação geral, seguida de muitos abraços.

Às vezes o vento ficava a favor, e Nick podia ouvir perfeitamente o que falavam. Outras vezes não conseguia ouvir nada.

Naquela noite Nick descobriu duas coisas:

Seu irmão também levava objetos.

E havia uma garota no grupo.

3

NICK NUNCA TINHA reparado antes, mas havia uma garota no grupo. Descobriu pela voz dela: era voz de garota. No começo achou que fosse um maricas, como dizia Dona Olinda, então olhou bem e pôde perceber que, por debaixo do boné que usava, havia mais cabelo escondido, ou seja, ela prendia o cabelo com o boné.

Quando ela começou a falar, Nick não conseguiu entender direito, porque falava numa voz suave e cadenciada como nunca ouvira antes. Parecia música nos seus ouvidos, era uma voz baixa, calma e, durante o tempo em que ela falou, ninguém ousou interromper, nem o Betão. Nick ficou vidrado. Ele não podia ver o rosto, mas já achava que ela devia ser linda e muito meiga, e que poderia ser uma ótima amiga, embora devesse ter uns treze ou catorze anos. Não era muito alta, pois Sandro, que só tinha doze anos, era mais alto que ela, embora Nick sempre tivesse ouvido a mãe dizer a Marta que o Sandro ia dar uma belezura de homem, pois era muito alto e forte para sua idade. Sandro puxara à mãe e era moreno como ela; a pele era quase cor de chocolate, porém não chegava a ser negra. Nick puxara mais o pai, que era muito moreno devido ao trabalho no sol, mas nascera branco. Portanto, ele tinha a pele mais clara que a de Sandro.

Quando ela parou de falar, os outros garotos aplaudiram, e o Betão a olhava sorrindo. Foi então que Sandro avançou para o centro da roda com um pacote na mão, colocou o pacote no chão e falou algo que Nick não pôde ouvir (o vento agora estava contra). Sandro, então, abaixou-se, desenrolou o pacote e tirou de dentro algo que ergueu para que todos vissem: um aparelho de som portátil.

Houve um ligeiro silêncio e depois todo mundo fez:

— Oh!!! — estavam extasiados.

A garota olhou para Sandro e sorriu, virou-se para ele e então Nick pôde ver-lhe rosto: estava certo, ela era realmente bonita, uma morena muito bonita. Mas não olhou por muito tempo.

Nick percebeu que alguém mais olhava para seu irmão, e a expressão era um misto de ódio e inveja: o Betão.

Novamente Nick teve medo e correu para casa.

Chegou à conclusão de que estava se tornando um medroso diplomado. Tinha medo de muitas coisas: de despertar o mau humor da mãe, de apanhar do pai, de ser pego pelo irmão... Mas havia algo mais; era um medo intenso, que nascia dentro dele, algo que criava raízes e que, tinha certeza, ia crescer muito e dominá-lo: era o medo da *verdade*.

Aos dez anos de idade, Nick começava a descobrir um mundo que não conhecia; o mundo além da cerca de sua casa. A mãe só conversava com ele quando queria ameaçá-lo de algo; seu pai nunca lhe dirigira a palavra, pelo menos não que se lembrasse, e o irmão fingia que ele não existia.

Escola, não sabia o que era.

Nem à igreja a mãe o levava, ficava muito longe de casa. Às vezes, Nick ouvia falar de *terreiro*, de *macumba*, mas não sabia o que era. Sabia que seu nome verdadeiro era Nícolas, o nome do chefe de seu pai, que ele lhe dera para ganhar uma promoção, mas não adiantara. Seu Osvaldo era gari, varredor de rua, e queria ser assistente do chefe dos garis para trabalhar menos. No entanto, o chefe nunca o escolheu, mesmo tendo dado ao filho o nome dele.

Como Sandro não conseguia dizer seu nome todo, só dizia "Níqui". Então, foi assim que passaram a chamá-lo: Nick.

Com as fugas ao campinho, um novo mundo se descortinava e ele começou a se fazer perguntas:

"De onde vinham aquelas coisas que os garotos levavam para a roda no campinho?".

"De onde tiravam dinheiro para comprar os cigarros?"

Nick sabia que para comprar coisas era preciso dinheiro, e em sua casa nunca tinha dinheiro, a mãe sempre dizia isso.

"Como o Sandro conseguiu aquele aparelho de som?"

"O que era *entrar para o Clube*?"

Nick não tinha com quem tirar suas dúvidas, por isso mesmo, era ótimo observador. Assimilava cada palavra do que a mãe conversava com a vizinha e sabia de várias coisas interessantes, como: tipos de comida, chás para emagrecer, a existência de "piranhas" e "vagabundas", a existência de "maricas", e também já ouvira falar de *roubo, polícia* e *cadeia*, entre outras coisas...

Uma vez a polícia esteve lá no Buraco, quando Nick era ainda muito pequeno. Houve gritos, sons de tiros, correria e ninguém lhe explicou nada. Mas ele sabia que era algo muito ruim quando a polícia aparecia: as pessoas tinham o medo estampado no rosto.

A mente de Nick trabalhava enlouquecida. E o medo crescia...

Medo de algo no qual não queria pensar porque não conseguia entender.

Medo da realidade que se descortinava à sua frente: a verdade que preferia não saber...

E, naquela noite, um outro sentimento entrou em sua mente, outro sentimento que ele também não conseguia entender...

Quando fechava os olhos e lembrava da garota no campinho, principalmente de sua voz, um arrepio descia pela sua espinha e uma certa parte do seu corpo como que começava a formigar...

Seu sono foi agitado.

Teve sonhos malucos misturados com polícia, sirene, tiros... Às vezes via o rosto do Sandro, às vezes do Betão e, outras, da garota, que, como viria a saber mais tarde, chamava-se Tina. Acordou no meio da noite todo suado e ofegante. Olhou para o lado e viu que seu irmão dormia. Sabia que Sandro não gostava de conversar, mas precisava falar com alguém, precisava arrancar aquele medo de dentro de si, precisava que alguém lhe explicasse o que estava acontecendo com seu corpo.

Levantou-se pé ante pé e foi até a cama de Sandro: estava todo coberto. Nick nunca tinha observado seu irmão dormindo: ele não fazia som algum.

Chegou bem perto e então chamou baixinho, quase num sussurro:

— Sandro, acorda! Preciso te perguntar uma coisa.

Silêncio.

Sandro nem sequer se mexeu. Nick sabia que ele ficaria furioso e talvez acabasse levando uma punição de seu pai e quem sabe até sua primeira surra *de verdade,* como dizia a mãe, mas precisava tentar.

— Sandro, por favor, acorda!

Nada.

Então resolveu tocar no ombro dele de leve para ver se funcionava. Esticou o braço, tremendo de medo, e tocou na altura do ombro de Sandro. Levou um susto: o contato era macio, e não duro como esperava. Apavorado, deu um puxão na coberta: Sandro não estava lá. Havia apenas um monte de roupas enroladas e um travesseiro.

Olhou para a janela e percebeu que não estava trancada, mas apenas encostada; uma pequena fresta permitia a entrada de luz. Era por isso que não estava tão escuro ali dentro e pudera vê-lo (ou o que Nick pensava que fosse ele) da sua cama mesmo sem se levantar.

O medo aumentou.

Seu irmão não estava no quarto, mas ele já tinha a resposta para uma de suas perguntas.

Nick não sabia que horas eram, e isso não fazia diferença; sabia, sim, que era muito tarde, pois lá fora estava escuro. Mais tarde, descobriria que era por volta das onze da noite. Estava tão nervoso que não conseguiria dormir, por mais que tentasse. Só havia uma coisa a fazer.

Tomando cuidado para não fazer barulho, Nick pulou a janela do quarto e caiu por cima dos papelões velhos que eram o abrigo do Budi. Naquele momento adivinhou quem botara os papelões ali: Sandro. E era claro que não fora muito difícil convencer a mãe a não tirá-los.

Ainda bem que o Budi estava dormindo e não o viu, senão teria feito um escândalo. Em compensação, seu coração batia tão alto no silêncio da noite que seria capaz de jurar que qualquer um poderia ouvi-lo.

Esperou um pouco para o coração voltar a bater normalmente e se acalmar, então olhou para cima, para a janela do seu quarto:

— Como vou encostá-la? E depois, como vou fazer para entrar em casa de novo?

Olhou em volta e começou a procurar algo que o ajudasse a resolver o problema. Ao mexer em alguns papelões, achou o que parecia ser o pedaço de uma escada; ela não estava ali por acaso, é claro, estava escondida. Mas como nunca a vira antes? Como o Sandro fazia para escondê-la depois de voltar para o quarto? Olhou então para o Budi, que continuava dormindo. Ele abriu os olhos e levantou as orelhas como que curioso por Nick estar ali. Este fez um sinal levando os dedos aos lábios, para que ficasse quieto; Budi baixou a cabeça e voltou a fechar os olhos. Com certeza já estava acostumado com as saídas de Sandro. Nick afastou-se e pegou o caminho para o campinho. Levou mais tempo que o habitual por causa do escuro e por causa do medo. Em algumas casas havia barulho, som de conversa, televisão ligada (eles não tinham televisão, mas a Marta tinha). Quando passou o esgoto e chegou na picada do mato, seu coração congelou; lá era ainda mais escuro.

Novamente o medo...

Suando frio e com os pés machucados, pois saíra sem calçar nada, Nick chegou ao campinho.

Não havia ninguém lá.

Nick voltou para casa frustrado e mais confuso ainda.

Se o Sandro não estava no campinho, então onde estaria?

Mas havia outra preocupação maior: como voltar para o quarto sem que o Sandro percebesse o que havia feito? Subir a escada era fácil, mas como tirá-la dali e colocá-la de volta no esconderijo?

Foi então que Nick ouviu passos. Passos e vozes...

Meu Deus, Sandro voltara e ia pegá-lo ali; dessa vez seu pai com certeza ia lhe dar uma *surra de verdade*...

Nick se agachou num canto e ficou esperando; os passos e as vozes se aproximavam. Então, viu: não era Sandro, era seu pai que vinha cambaleando e falando sozinho. Passou pela frente da casa e tomou a lateral oposta àquela em que Nick estava, no sentido da porta dos fundos. Nick esperou até ouvir o barulho da porta se abrindo e esgueirou-se atrás dele. "Ah, Deus, tomara que ele não tranque a porta!" Seu pai fez barulho na cozinha esbarrando nas coisas, e Dona Olinda acordou xingando:

— Chegou, né, seu vagabundo!

Aliviado, Nick viu que seu pai não trancara a porta, porém sua mãe já estava na cozinha esbravejando, e com certeza ia se lembrar de trancá-la.

— Muito bonito pra tua cara, né, Osvaldo? Isso são horas de chegá? Cada dia mais tarde e ainda por cima bêbado.

— Não enche, mulhé!

— Não enche? Faiz treis dia que tu não traiz nada pra casa. Nem memo as fruta do resto da feira tu traiz mais. Gasta o tempo enchendo a cara e se esfregando com as piranha, né?

— Cala a boca, mulhé, senão te quebro os dente!

— Vai me batê, é? Além de bêbado e vagabundo, agora virô covárdi tamém?

Enquanto discutiam, Seu Osvaldo foi se dirigindo para o quarto, e Dona Olinda foi atrás, sempre xingando. Era a chance que Nick esperava. Entrou o mais rápido que pôde na cozinha e escondeu-se embaixo da mesa, no meio das cadeiras. Não podia ir pro quarto, pois para isso tinha de passar em frente ao quarto deles e não havia tempo para escolher um lugar melhor; estava muito vulnerável. Alguns instantes depois a mãe voltou para a cozinha e trancou a porta, falando algo em não acordar o "coitadinho" do Sandro.

Quando ela foi para o quarto e fechou a porta, Nick conseguiu soltar a respiração...

* * *

Estava tão cansado que ferrou no sono e não viu por onde nem como seu irmão entrou no quarto.

Mas, quando acordou, algo despertou em sua mente: ele já sabia *onde* Sandro escondia as coisas que levava ao campinho.

A primeira verdade ele já aceitara: seu irmão *era um ladrão...*

O medo voltou mais forte, e com ele uma revolta que Nick não sabia explicar.

Sentado no monte de lixo ao lado de Budi, ele chorava.

Chorava pelas coisas que não entendia; chorava por ver seu pai cada vez mais decadente, afogando-se na bebida; chorava pelo carinho que sua mãe nunca lhe dera; chorava porque sabia que seu irmão era um ladrão; mas, acima de tudo, chorava por si próprio, pela incerteza do futuro, ao qual não sabia se teria direito...

A idéia de fugir era ainda mais forte. Mas fugir para onde? Como? O único mundo que conhecia era o do Buraco, e nem sequer sabia ler e escrever.

As pessoas às vezes falavam em Deus, e Ele devia ser alguém muito importante. Talvez um dia Nick se encontrasse com Deus e então pudesse pedir que o ajudasse a fugir.

Daquele dia em diante, Nick resolveu que teria um amigo secreto e silencioso, de cuja existência só ele saberia; conversaria com Deus quando tivesse dúvidas (Ele ao menos o ouviria) e pediria Sua ajuda. A partir daquele dia, por decisão unilateral, Deus tornou-se o amigo secreto de Nick.

Nick tomou uma decisão: já que não podia lutar sozinho para mudar seu destino, resolvera aceitá-lo. Seus pais nunca seriam diferentes só porque ele queria, e seu irmão nunca deixaria de ser ladrão simplesmente por Nick pedir isso a ele.

Nick tinha consciência do tipo de vida que o irmão levava e, embora não conhecesse o mundo lá fora, sabia que aquela vida não era a que queria para ele. Um dia seria alguém, teria uma família legal como a da Marta, teria uma casa bonita, limpa e com televisão. Nunca ia ser ladrão como Sandro nem beber como o pai.

Nick lembrou-se de Talita, a filha da vizinha que estava apenas com seis anos, pois não tinha opção melhor, já que não podia sair do cercado para brincar. Através da cerca que separava suas casas, uma bela amizade floresceu, e foi a ela que Nick se apegou durante os onze anos de sua vida que se seguiram.

4

ERA O VERÃO DE 1986, e Nick empilhava caixas alegremente.

— Não está se sentindo bem, Tio Inácio?

— Não é nada não, Nick, coisa de velho. Às vezes o ar me falta, é só isso.

— Pois então a partir de hoje você não vai carregar mais nenhuma caixa. Pode deixar que eu faço isso sozinho, força não me falta, e um pouco mais de esforço não vai me matar. Senta aí e descansa, que eu termino de arrumar tudo.

— Está bem, Nick. Discutir contigo não ia adiantar nada mesmo. Você é mais teimoso que uma mula quando empaca.

Nick olhou o senhor de idade com carinho; era o pai com que ele sempre sonhara. Pela sua idade, já com 62 anos, poderia chamá-lo de avô. Mas não queria que se sentisse ofendido, por isso acostumara-se a chamá-lo de tio. No início, Tio Inácio não gostava e resmungava:

— Não sou seu tio, pivete!

Mas como Nick nunca o chamou diferente, apesar das reclamações Tio Inácio acabou se acostumando.

Ele agora bendizia o dia em que o destino colocara Nick em sua vida. Olhando o jovem à sua frente, agora com 21 anos, forte e saudável como um touro, trabalhando alegre sem parar enquanto assobiava uma melodia conhecida, Tio Inácio lembrou a tarde daquele dia especial.

Era por volta das duas horas, horário em que *eles* começavam a chegar. A feira da rua Doze era a mais popular do bairro e também a maior. Dezenas de barracas construídas pela prefeitura, num pátio enorme, coberto para abrigar as pessoas do sol e da chuva, espalhavam-se de um lado ao outro da praça. Os donos eram todos cadastrados. Eram ex-camelôs tirados do centro da cidade, depois de um longo período de acordos, transformados agora em feirantes. Conseguir uma vaga ali nem pensar; não seriam construídas novas barracas, e os donos atuais não poderiam vendê-las. Caso não as quisessem mais, teriam de devolvê-las à prefeitura, que se encarregaria de pôr ali novos proprietários.

Os caminhões, carregados de frutas e verduras fresquinhas, começavam a chegar às quatro horas da manhã. Até às sete, tudo deveria estar pronto. Isso significava descarregar os caminhões, selecionar os produtos, separando aqueles que estivessem machucados ou estragados, expô-los na banca... A aparência dos produtos era muito importante para ganhar a clientela, já que a disputa era acirrada devido ao grande número de barracas. As frutas e verduras que não eram expostas ficavam separadas em caixotes para ser oferecidas aos desafortunados no final da feira.

Às sete horas a feira era aberta ao povo e as pessoas começavam a chegar, na sua grande maioria mulheres. Donas-de-casa de todas as idades e classes sociais iam comprar os produtos. A feira virava um enorme formigueiro, num leva e traz de sacolas carregadas. O balé das formigas carregadeiras só parava por volta das duas da tarde, quando já não havia muito o que vender.

As frutas e verduras que sobravam na banca já não eram mais vistosas, devido às apalpadelas das centenas de mãos que por elas passavam e do joga pra cá, joga pra lá, sempre em busca das mais belas. No final, estavam magoadas. Era chegada, então, a "hora dos famintos". Por ordem da prefeitura, a partir das três horas, quando já não havia mais fregueses, pois todos já conheciam o ritual, a feira era dos pobres coitados que moravam em favelas, barracos ou embaixo de pontes e que não tinham dinheiro para comprar nada. Eles iam aos montes para buscar os restos do dia e principalmente os produtos que ficavam separados nos caixotes para ser oferecidos a eles nas bancas. Alguns com sacos velhos que encontravam no caminho, outros com sacos de supermercados que catavam nos lixos ou pela rua; eles recolhiam o que podiam para levar para casa. Muitos, de mãos vazias, apenas iam para matar a fome.

Era incrível como em poucos minutos nada sobrava nas bancas.

Era chegada, então, a hora de limpar tudo, desinfetar, lavar o chão, para começar de novo na manhã seguinte. Esse era o ritual, de segunda a sábado. Nos domingos não havia feira.

Tio Inácio fazia isso havia quase dez anos e era feliz ali. Bem melhor do que no camelódromo, onde se ganhava mais mas havia sempre os atritos com a polícia, por causa dos contrabandos, venda de drogas etc.

Naquela tarde, enquanto se sentava para esperar a invasão dos famintos, observou uma cena diferente: encostado num poste próximo estava um garotinho magricela, muito sujo e descalço. Tinha os olhos saltados, com a expressão de quem nunca vira nada parecido antes. Seu olhar era ao mesmo tempo de surpresa, admiração e medo. Não devia ter mais que dez anos, embora aparentasse menos. Tio Inácio já se acostumara com aquele tipo de avaliação; aquelas crianças sempre tinham mais idade do que aparentavam devido à desnutrição. Aquele, no entanto, era mais alto que o normal.

Ao seu lado, de braços cruzados sobre o peito, estava um senhor que provavelmente seria seu pai, pois era também muito alto e os traços do rosto se assemelhavam. O homem tinha uma cara de vagabundo, bastante inchada, por sinal, certamente devido à bebida. Era sempre assim, não tinham dinheiro para comer mas sempre arranjavam algum para a bebida e o cigarro.

Quando a feira foi liberada aos famintos, o homem entregou ao garoto uma sacola plástica suja e o empurrou para as bancas, dizendo:

— Vai lá e não me volta com a sacola vazia.

O garoto quase voou com um tropeção e por pouco não bateu com a cabeça na quina de uma banca.

Paralisado pelo medo, o menino olhou para trás e viu o pai encarando-o com os braços novamente cruzados, num olhar de desafio. Voltando-se para as bancas, via a multidão que se apossava rapidamente de tudo e tentou se aproximar para pegar sua parte. Mas era pequeno e não tinha forças para lutar por um espaço junto às bancas. Era empurrado furiosamente pelos outros, sem conseguir pegar nada. Em poucos minutos a luta acabara e não havia mais o que pegar.

Seus olhos buscaram o pai, que, nesse momento, catava tocos de cigarro no chão e os colocava no bolso.

O menino então virou-se para Tio Inácio, que percebeu as lágrimas em seus olhos, como uma súplica muda. Tio Inácio pensou: "Ele certamente apanhará se voltar de sacola vazia". Havia vergonha e desespero em seu olhar. Com o pé, Tio Inácio empurrou na direção do garoto uma pequena caixa onde colocara alguns restos para levar para as galinhas que criava em casa. O garoto baixou o olhar e, com uma agilidade incrível, encheu a sacola que ainda segurava na mão.

— Obrigado, Tio!

— Não sou seu tio, pivete!

Saiu quase correndo, carregando a sacola pesada demais para seu tamanho.

Seus olhos brilhavam com uma alegria sem igual. Tio Inácio murmurou para si mesmo: "Que bom! Hoje ele não vai apanhar!".

Ao chegar perto do pai, chamou e mostrou a sacola:

— Pai, olha o que eu consegui! A sacola está cheia! A mãe vai ficar contente.

O pai pegou a sacola e olhou dentro dela: restos de cenoura, pepino, laranja, maçã, couve...

Num gesto muito rápido, aplicou-lhe uma espécie de cascudo na cabeça, e o garoto despencou, como se suas pernas fossem de gelatina.

O homem, então, começou a andar lentamente pelo caminho de volta de onde viera; o garoto, após alguns minutos, levantou-se cambaleante e tentou segui-lo.

Por suas pernas, a urina escorria...

Naquela tarde Tio Inácio teve de comprar ração para as galinhas. Perguntava-se se aquele vagabundo não teria jogado a sacola com os restos da feira em alguma vala no caminho.

Ao chegar em casa, comentou com a filha sobre o que havia visto. Ela lhe disse:

— Pai, o senhor está ficando muito sentimental. Já falei para não se envolver com essa gente; são um bando de delinqüentes que não hesitariam em matá-lo para roubar alguns trocados. É melhor esquecer o que viu.

— Está certo, filha. Você tem toda razão.

Enquanto tomava a sopa de legumes e frango que Carmem, a filha com quem morava, havia preparado, o menino não lhe saía da cabeça.

No dia seguinte, dizendo a si mesmo que deveria separar um pouco mais de comida para as galinhas do que de costume, como forma de justificar o que fazia, Tio Inácio separou uma caixa maior e a encheu bem.

Por volta das duas e meia da tarde, naquele mesmo poste, o menino apareceu, agora sozinho. Seu olhar parecia ainda mais desesperado do que da primeira vez. E, ao olhos de Tio Inácio, parecia ainda mais raquítico.

Assim que a banca foi liberada, o garoto partiu correndo com tal decisão que Tio Inácio pensou:

— Hoje ele vai conseguir!

Porém, era como ver um anão enfrentando gigantes; não tinha força, nem tamanho, nem experiência...

Em poucos minutos estava com os lábios sangrando por uma cotovelada e o braço roxo de uma batida na quina de alguma banca. E sem sua sacola.

Caminhava na direção do feirante, e seu olhar era acima de tudo de vergonha, de derrota. Lá no fundo, aquele medo, sempre o medo.

— Eu guardei para você — disse-lhe Tio Inácio, mostrando a caixa cheia.

— O senhor está fazendo isso com pena de mim, porque sou um fraco, não é, Tio? — ele o olhava desafiador.

— Em primeiro lugar, não sou seu tio, moleque. Em segundo, é claro que você é fraco, pois não deve se alimentar direito e ainda por cima é só uma criança.

— Eu agradeço pelo senhor ter guardado para mim e vou levar. Mas tem uma coisa: minha mãe acha que é tudo muito estragado. Então, faço uma troca: se pudesse ajudá-lo, o senhor não me dava algumas laranjas, uma couve e talvez umas batatas pelo meu trabalho?

— Você não acha que é um preço muito alto pelo pouco que me oferece? O que você sabe fazer?

— Faço qualquer coisa, é só me ensinar, Tio.

— Então, a primeira coisa que você vai aprender é não me chamar de tio. Meu nome é Inácio.

— Sim, senhor, Tio Inácio.

Tio Inácio entendeu que não adiantaria discutir com ele.

— E qual é seu nome?

— É Nícolas, mas pode me chamar de Nick.

Tio Inácio pegou um balde com escova, panos e um desinfetante e começou a lhe ensinar o serviço.

— Para começar, cate os restos da banca e jogue naquele lixeiro. Depois vá até aquela parede onde tem umas torneiras e encha este balde de água.

O balde cheio de água era um peso enorme para o pequeno garoto, que precisava quase arrastá-lo, parando várias vezes para respirar até chegar à banca. Mas era preciso que aprendesse a enfrentar o mundo como ele é, cheio de obstáculos.

Não decepcionou.

Trabalhou sem parar até que a banca estivesse perfeita: limpa e desinfetada.

Durante alguns meses esse foi o ritual dos dias de feira. Tio Inácio separava para ele algumas frutas e verduras, algo um pouco melhor do que os restos, e Nick o ajudava com a limpeza da banca. Porém, Tio Inácio notou que ele não engordava. Então, começou a trazer alguns sanduíches, que o garoto comia antes de ir para casa. Também comprou um fortificante à base de ferro e cálcio, e dava-lhe uma medida antes do lanche.

Depois de mais algumas semanas, Tio Inácio começou a notar a diferença em suas faces e pernas. Um dia Nick lhe falou:

— Tio Inácio, amanhã vou fazer onze anos.

— É mesmo, Nick? Então vou preparar uma surpresa pra você.

— Sério, mesmo? E o que é?

— Se eu te contar, não vai ser surpresa, certo? Então, espere até amanhã.

Nick voltou para casa ansioso. Passou a noite em claro, imaginando mil e uma coisas. Desde que começara a trabalhar com Tio Inácio, sentia-se muito feliz e, pouco a pouco, aquele medo intenso que morava dentro dele foi morrendo. Agora tinha um emprego. Sua mãe não agradecia pelas sacolas, mas também não o acusava de mais nada para o pai. E, desde que ele trouxesse comida para casa, não lhe importava onde andava e a que horas saía ou voltava, muito menos o que fazia. Seu pai nunca mais o castigou, pois agora tinha mais alguém para trazer comida para casa, o que lhe dava mais tempo para jogar no bar, tomar pinga com os amigos e sair com as piranhas. Seu irmão nunca se manifestou sobre o assunto nem lhe dirigia a palavra. Nick sabia que ele roubava cada vez mais, mas o que conseguia com a venda de seus roubos era para comprar drogas. Sua única alegria era presentear Talita com uma maçã ou uma pêra bem bonita que escolhia e ficar conversando com ela na cerca. Nick lhe contava suas aventuras, fantasiando-as para torná-las mais importantes; e Talita o olhava admirada e extasiada com tantas histórias. Sua inocência era um bálsamo para o coração de Nick. Estava se apegando cada vez mais a Talita e adorava quando ela o olhava daquela forma extasiada, como se ele fosse um super-herói. Às vezes, enquanto conversavam, Nick pensava no futuro, e certa vez disse a Talita:

— Um dia vou tirar você daqui!

Agora, além de Talita, tinha mais um amigo: Tio Inácio. E uma esperança ainda maior: nunca precisar roubar. De repente, podia vislumbrar algo que antes lhe parecia tão distante: *o futuro*. Deus talvez não precisasse mais se preocupar com ele, nem ajudá-lo a fugir.

Já não pensava em fugir.

Na tarde seguinte, depois do que pareceu uma eternidade, chegou a hora do encontro com Tio Inácio na feira.

Nick chegou sorridente:

— Boa tarde, Tio Inácio!

— Boa tarde, Nick. Feliz aniversário! Venha aqui me dar um abraço.

Nick correu até ele e Tio Inácio apertou-o nos braços.

— Vamos trabalhar, Nick, e quando tudo estiver pronto, virá a surpresa que eu lhe prometi.

Trabalharam com afinco, e de fato, quando tudo estava pronto, Tio Inácio levou-o para seu carro, um fusquinha velho que chamava de "Pois-é".

— Veja, Nick. Este é o meu carro, vamos dar uma volta nele.

— Sério, mesmo? Nós vamos andar de carro?

— Vamos, sim, entra aí.

Nick estava fascinado. Era incrível.

Tio Inácio levou-o para sua casa. Depois de uma longa conversa com a filha no dia anterior, tomara a decisão.

— Veja, Nick, esta é minha casa. E aquela é minha filha, Carmem.

Carmem, uma moça de 23 anos, um pouco gordinha, olhava desconfiada para ele.

— Oi, Dona Carmem. Muito prazer, meu nome é Nick.

Carmem ficou surpresa. Não esperava que o garoto fosse tão educado e muito menos que tivesse aquele olhar de inocência que viu nele.

— Olá, Nick! Seja bem-vindo — disse-lhe, baixando a guarda.

Foi uma tarde maravilhosa.

Carmem levou Nick para o banheiro e, apesar de toda a sua vergonha e protesto, esfregou-o dos pés à cabeça. Foi um banho quente, com sabonete e xampu.

— Viu, não doeu tanto assim e é pro seu bem. Agora você parece mais gente. E ainda não acabou. — Carmem, então, entregou-lhe uma cueca nova, uma calça jeans, uma camiseta, um par de meias e tênis. — Comprei tudo na liquidação lá no mercado, mas é melhor do que esses trapos velhos que você usa. Depois vou lhe dar uma sacola com mais umas cuecas, camisetas, meias e uma calça.

Nick estava tão aparvalhado que não conseguia falar nada. Nem teve tempo. Carmem fez com que se sentasse numa cadeira e colocou-lhe sobre os ombros uma capa de plástico. Depois pegou uma tesoura e um pente e começou a lhe cortar o cabelo.

Quando terminou, ele parecia outra pessoa. Estava muito bonito e arrumado.

Tio Inácio olhava para ele com orgulho.

— Tio Inácio, não esperava tudo isso!

— Calma, Nick, ainda não acabou.

Depois de limpar tudo, Carmem preparou a mesa e serviu uma enorme pizza com refrigerante. Nick comeu avidamente. E ainda teve sorvetes.

Quando terminaram, Tio Inácio chamou:

— Nick, venha até a sala. Nós precisamos conversar.

— Já estou indo, Tio Inácio.

Sentaram-se no sofá, um de frente para o outro:

— Nick, tudo o que aconteceu até aqui foi presente da minha filha. Dentro da sacola de roupas que Carmem lhe deu, você encontrará também um sabonete, um xampu e um pente. O cheiro do xampu e do sabonete não são dos melhores, mas não se assuste, servirão para protegê-lo dos piolhos e da sarna.

Nick escutava em silêncio, prestando muita atenção.

— Quero que ouça bem a proposta que vou lhe fazer. A partir de amanhã, quero que venha trabalhar comigo de verdade; deverá estar na feira às quatro horas da manhã e trabalhará comigo até encerrarmos o trabalho de limpeza, que você já conhece. Você me ajudará a descarregar as caixas de produtos e arrumá-los na banca. E também ajudará algumas clientes a carregar as sacolas até o carro, o que lhe renderá várias gorjetas. Pelo trabalho na feira, você receberá, além de uma sacola de frutas e verduras boas, para levar para a casa todo dia, um salário que o ajudará a comprar pão e leite, e principalmente roupas, calçados e produtos para sua higiene. Mas seu maior salário serão as gorjetas, por isso, esforce-se em ganhar a simpatia das clientes. Deverá vir sempre limpo, arrumado e penteado, caso contrário, não poderei mantê-lo no emprego.

Tio Inácio sabia que ele era ainda muito pequeno para trabalhar, mas desconfiava que fosse preferível que passasse o dia na feira trabalhando a ficar por aí em más companhias. Além disso, é claro que não iria sobrecarregar o garoto de serviço nem exigir dele algo que não pudesse fazer. Apenas o fizera sentir-se importante e responsável.

Nick estava boquiaberto; nunca sonhara com tanto. Estava completando apenas onze anos de idade e já tinha um emprego. Talita ficaria orgulhosa.

— Tio Inácio...

— Espere, Nick, ainda não terminei. O trabalho aqui na feira será muito puxado e, além disso, no início você sofrerá alguma rejeição por parte dos outros feirantes; terá de suportar isso até que eles o aceitem completamente. Há algumas regras que vou lhe explicar e que terá de respeitar. Quero que pense bem em tudo isso e, se aceitar, vamos fazer uma experiência de um mês, para ver como se sai. Se depois de um mês ainda quiser continuar, você passará a ter aulas de alfabetização aqui em casa, depois da feira, com a minha filha, que é professora primária. Pense bem, Nick, e só me dê uma resposta amanhã. Agora, vou levá-lo de volta até a feira para que possa voltar para casa.

A cabeça de Nick dava voltas. Tio Inácio falara com ele como se fosse um homem. Muitas coisas Nick nem entendeu direito, mas havia algo de que tinha certeza: Tio Inácio o considerava tão capaz como qualquer outro homem e o tratara de igual para igual, dando-lhe as chances que ninguém mais lhe daria. É claro que tudo isso dava um pouco de medo e insegurança, mas não podia perder essa chance. Teria de ser maior que seus medos e provar a si mesmo e a Tio Inácio que merecia aquela oportunidade.

Despediu-se de Carmem e voltou até a feira com Tio Inácio. Chegando lá, tirou suas sacolas do carro e foi para casa.

No caminho, pensava se deveria contar aos pais ou ao Sandro sobre a proposta de Tio Inácio. Achou melhor decidir sozinho, afinal, não se importavam mesmo.

Sua mãe notou a roupa nova, olhou para seu cabelo cortado, mas nada falou. Pegou a sacola da feira e foi para a cozinha. Seu pai só chegaria de madrugada e bêbado, não poderia notar nada. E o Sandro, nem sabia quando o veria acordado.

Ele foi até a cerca, e Talita não estava mais lá. Já escurecera, e como ele não aparecera durante a tarde, com certeza fora para dentro de casa. Outra hora lhe contaria tudo. Sentou-se sobre um toco de madeira perto do monte de lixo do

Budi, tinha de tomar cuidado para não sujar a roupa nova; pensou consigo mesmo que a partir daquele dia ele próprio deveria lavar suas roupas e pendurá-las bem, para não serem pisoteadas pelo Budi. Assim, teria certeza de sempre ter roupa limpa para ir trabalhar; sim, porque não tinha dúvidas sobre sua decisão. O destino lhe dera um presente e o aceitaria. Fora o melhor aniversário de sua vida, em nenhum outro ganhara presentes, muito menos pizza, refrigerantes e sorvetes. E nunca se sentira tão em família como na casa do Tio Inácio. Se esse Deus de quem falavam e com quem costumava conversar em segredo chamando-o de amigo realmente existia, então Ele ouvira e atendera seus pedidos. Olhou para o céu e viu-o enfeitado de estrelas, era o céu mais lindo que já vira.

Não tinha sido fácil ganhar a simpatia dos outros feirantes. No entanto, um fato foi decisivo.

Houve um dia em que os caminhões de entrega atrasaram muito. Era comum o atraso, às vezes de meia hora, outras, de até cinqüenta minutos, tudo dependia do trânsito. Naquele dia, no entanto, já eram quase seis horas da manhã quando os caminhões encostaram. Havia ocorrido um acidente na entrada do bairro e o trânsito ficara interditado por mais de uma hora; quando foi liberado, tornou-se lento. Foi uma correria maluca, todos tentando ser o mais rápidos possível no trabalho. Nick demonstrou uma agilidade incrível; enquanto Tio Inácio descarregava as caixas, ia fazendo a separação e expondo na banca. Parecia elétrico. Em tempo recorde, pouco mais de meia hora, a banca de Tio Inácio estava pronta. Correu então para as bancas vizinhas e, sem pedir licença, foi ajudando os outros a fazer o mesmo; em pouco tempo várias bancas estavam prontas. Os feirantes passaram a estimá-lo, e os preconceitos foram deixados de lado.

Agora era um deles.

Também não foram fáceis as primeiras semanas que se seguiram ao seu aniversário, no caminho de volta para o Buraco. Vários garotos do grupo do Betão perceberam que Nick chegava em casa quase sempre no mesmo horário, com várias sacolas; isso sem contar que dera para andar arrumado e de banho tomado. Um dia, quando voltava para casa, num ponto mais desabitado do caminho, dois garotos o aguardavam escondidos; um era o garoto gordo com cara de bolacha de chocolate que vira no campinho (o Leleco), e o outro era um garoto muito escuro, com os dentes podres, que ele não conhecia.

Cercaram Nick:

— Ora, ora, se não é o irmãozinho maricas do Sandro. Vamos dar uma olhada no que tá carregando aí — dizendo isso, Leleco pegou as sacolas, enquanto Nick era segurado por trás pelo garoto negro.

Nick tentou se livrar e começou a dar pontapés em Leleco. Mas era muito menor e mais fraco que os dois. Os pivetes então começaram a bater nele, dando-lhe socos no estômago, no rosto e nas costas. Nick apanhou muito e ficou jogado no chão, com a cara na terra. Os dois pivetes tiraram-lhe o tênis e a camisa, não tiraram a calça porque não teria muita serventia, e acharam alguns trocados no bolso. Sentaram-se num barranco e começaram a comer o pão e algumas frutas que havia nas sacolas. O que sobrou, pisotearam, e então foram embora. Quando já não ouvia mais os passos dos garotos, Nick levantou-se com cuidado e, todo dolorido, tomou o caminho para a casa. Quando chegou, a mãe olhou para ele: descalço, sem camisa, a calça toda suja de barro, um olho roxo, os lábios inchados, um supercílio sangrando... Olhou para as mãos vazias e percebeu que não havia sacolas. Por um breve momento Nick teve a impressão de que ela lhe diria algo e até a ilusão de que o acudiria. Só de pensar nisso, Nick sentiu o coração dando pulos de alegria e pensou que a surra valera a pena. Mas foi apenas uma ilusão. Resmungando algo que ele não conseguiu ouvir, ela virou-lhe as costas e foi para o quarto. Depois que Sandro dera à mãe uma televisão usada e providenciara para que funcionasse razoavelmente, ela passava a maior parte do dia no quarto, diante do aparelho.

No dia seguinte, ao voltar novamente para casa, Nick tomara mais cuidado e ficara alerta. De repente, viu os dois saindo do esconderijo e vindo em sua direção. Não tinha outro caminho para passar, era obrigado a seguir por ali. Sabia que iria apanhar de novo e não podia se dar ao luxo de perder o único par de tênis que ainda restava e mais uma camisa, além das gorjetas do dia. Por isso, largou as sacolas no chão e voltou correndo pelo mesmo caminho de onde viera. Só parou quando não conseguiu mais ouvir os gritos de insulto:

— Corre, maricas, corre! Corre, senão a gente te pega, viu, sua bonequinha — e davam risadas.

Nick sabia que isso não podia continuar, tinha de levar comida para casa de qualquer jeito. Porém, sabia que pela força não venceria, só conseguiria levar mais uma surra. Tio Inácio o olhara assustado no dia anterior, mas nada dissera. Com certeza, pensara que ele apanhara da mãe ou do pai, e Nick não queria que Tio Inácio pensasse isso de seus pais. Ele teria de arranjar uma saída mais inteligente.

No dia seguinte, a cena se repetiu. Nick os avistou, largou as sacolas e saiu correndo. No entanto, quando foram embora, ele saiu de seu próprio esconderijo carregando mais duas sacolas, estas com pães frescos e frutas boas. As que largara para os pivetes só continham restos da feira. Era um peso maior para carregar, porém resolvia o problema. Com o passar dos dias, os garotos perderam o interesse pelo fraco espólio que conseguiam.

E deixaram Nick em paz.

No campinho, o grupo do Betão estava reunido.

Era uma tarde quente de verão e estavam todos sentados à sombra. No centro da roda havia um garoto de cerca de doze anos de idade, e Betão andava em volta dele enquanto falava:

— Hoje é um dia especial, é dia de batismo. A galera toda aqui já sabe do que se trata, mas como tu tá entrando, eu vou explicá, mas presta bem atenção que eu não falo duas vezes. Esse é o meu *grupo*; o meu território. Aqui no Buraco quem manda sou eu, e quem quisé vivê me obedece. Tu vai entrá hoje, porque já passô no teste e eu te aceitei. Nóis vamo te ensiná a roubá e tudo o que tu pegá tu vai trazê aqui e apresentá pra mim. E eu vou decidi o que tu leva e o que fica pra mim. Em troca, vou te fornecê droga da boa. Só que tem uma coisa: ninguém me enrola, sacô? E isso é bom lembrá pra todo mundo: ninguém me enrola. Se alguém aqui roubá algum bagulho e levá pra casa sem me apresentá, tá ferrado; eu pego o otário onde tivé e, de quebra, pego a família dele também. Quando tu começá a roubá coisa boa, de maior porte, tu vai tê a chance de entrá pro Clube. Mas isso é só quando *eu* decidi. Quem entra pro Clube recebe uma arma e, quando o Chefe achá que o cara tá preparado, pode montá um grupo pra ele. Só que pra isso acontecê, o cara também passa por um batismo. O nosso batismo aqui é mais simples, hoje à noite nóis vamô saí pra roubá, e se tu consegui voltá sem ser pego e com um bagulho legal, tu passa. Pra entrá pro Clube tu tem que sangrá alguém e trazê grana viva. Só tem uma coisa: se a polícia batê no Buraco atrás da gente, quem deu a pista tá ferrado. Vai pro inferno mais cedo. Por isso, não pode tê deslize.

Dizendo isso, Betão encarou o garoto no meio da roda e deu-lhe um soco no estômago, com toda a força. O garoto se contorceu e caiu no chão.

— A gente se vê às dez da noite — dizendo isso, Betão saiu do campinho, seguido pelos outros.

Um garoto ficou para trás e ajudou o novato a se erguer.

— Isso faz parte do batismo? — perguntou o novato.

— Não. Isso foi um aviso, pra tu não olhá nunca mais pra mina dele.

5

DURANTE OS ANOS que se seguiram, Nick tornou-se outra pessoa.

Fisicamente, estava irreconhecível. O garoto magricela só existia na lembrança. Com o esforço do trabalho e a ida para casa todos os dias carregado de sacolas, os sanduíches que ganhava de Tio Inácio, os fortificantes que tomara, os lanches que agora tinha condição de pagar, os almoços na cantina e frutas que podia comer na hora que quisesse, tornou-se um jovem bonito, forte e, acima de tudo, muito simpático. Estava feliz como nunca. Aos 21 anos, com 1,93 metro de altura, se destacava na feira. Tinha um sorriso encantador, que Carmem não se cansava de admirar:

— Não dá para entender. Eu me mato de escovar os dentes, uso aparelhos, faço tudo o que o dentista manda, uso os produtos que vejo na televisão e só consigo um sorriso "legalzinho". Esse daí nasceu na favela, no meio do lixo, e tem uns dentes lindos desses. Como é que pode?

Nick não se ofendia com o modo de Carmem falar, porque já a conhecia o suficiente e sabia que era o jeito dela e que ela não falava por mal nem por inveja. Era carinho mesmo.

— Carmem, eu já te falei, não conseguia ficar com os dentes grossos de sujeira, muito menos de gordura. Às vezes esfregava limão neles, e limão tem em qualquer morro, a gente não precisa comprar. Foi por isso que eles começaram a me chamar de maricas. Já te contei isso umas mil vezes.

— Eu sei, eu sei. Mas, mesmo assim, é incrível!

Carmem era professora primária no período da manhã em um colégio da prefeitura, que ficava a uns quarteirões de sua casa. Desde que Nick começara a trabalhar como empregado de Tio Inácio na feira, Carmem lutara até convencê-lo a ir para a casa dela após o serviço para aprender a ler e a escrever. Nick fora um excelente aluno, tinha uma vontade enorme de aprender, e apesar de não ter diploma algum, aprendeu o básico de português e matemática. Carmem também lhe ensinara um pouco de história, geografia e religião. Às vezes ela alugava fitas de vídeo e o convidava para assistir aos domingos, enquanto comiam pipoca. O que mais fascinara Nick fora o mar; apaixonara-se tanto que Carmem prometeu um dia levá-lo à praia. Nick só não se comportava muito bem nas aulas de educação religiosa; questionava demais e normalmente saía no meio da explicação de Carmem:

— Você nunca deve abandonar seus pais, Nick, nem falar mal deles. Na Bíblia diz que devemos "Honrar pai e mãe", e esse é um mandamento que não devemos esquecer.

— Aí na sua Bíblia não diz que os pais devem honrar os filhos também? — E saía sem esperar a resposta...

— ...outro mandamento é "Não roubarás". Quando quisermos algo, temos de consegui-lo com o esforço de nosso trabalho, e não tirar dos outros, em hipótese alguma...

Nick pensava: "Devia dizer isso ao Sandro".

— ...e "Não cobiçarás a mulher do próximo", portanto...

— Claro, quando o próximo estiver muito próximo, não é? — E lá se ia ele de novo.

Carmem acabou desistindo das aulas de religião.

Nos anos que se passaram, Nick também havia aprendido bastante em outra área: sexo. Com sua beleza e simpatia, conquistara muitas freguesas novas para a barraca de Tio Inácio, que não tinha do que se queixar. Ajudava as mulheres a carregar suas sacolas até os carros e, independentemente da idade ou tipo físico, dava muita atenção e carinho a todas elas. Também ajudava alguns senhores de idade que às vezes apareciam. Com isso, algumas mulheres chegavam a esperar a sua vez para que Nick as atendesse. É claro que certos feirantes acabavam enciumados, mas Nick não ligava e, de vez em quando, ajudava-os a lavar as barracas e a esfregar o chão, o que acalmava seus ânimos. Em troca de toda essa atenção, recebia muitas gorjetas. Em pouco tempo começou a notar que algumas empregadas já não vinham sozinhas, mas sim acompanhadas das patroas. Eram mulheres bonitas, muito bem-vestidas e cuidadas, que passeavam pela feira sem tocar em nada, apenas apontando de vez em quando para uma fruta ou outra, como se sua presença ali fosse indispensável. Enquanto isso, com o olhar, seguiam os movimentos de Nick.

Ele recebera várias propostas indecentes e aceitara algumas. Em troca, recebia um bom pagamento. A primeira que aceitara fora de uma jovem com cerca de 19 anos, muito bonita. Ela fora à feira sozinha e pedira a Nick com uma voz muito suave que a ajudasse nas compras. Ia apontando aqui e ali dizendo:

— Vou levar um pouco disto, algumas daquelas... — nem sequer conhecia o nome de algumas verduras.

Nick sabia que não fazia diferença o que colocasse na sacola. Tudo o que ela queria era ter um motivo para levá-lo até o carro.

Quando Nick já enchera duas sacolas e ela pagara a Tio Inácio, pediu-lhe que levasse as compras até o carro. Ficou boquiaberto, era um carrão daqueles que a gente só vê em propaganda de televisão, sabendo que nunca vai ter dinheiro para comprar um.

O porta-malas se abriu a um comando dela, e ele colocou as sacolas lá dentro. Ela então se aproximou, como que para ajudá-lo, e falou bem próximo a seu ouvido:

— Você poderia me ajudar a descarregar estas sacolas lá em casa, não é? Posso lhe dar de gorjeta algo que levaria um mês para ganhar na feira.

Nick sentiu um arrepio percorrer-lhe toda a espinha e seu corpo se manifestar. Era a moça mais linda que já vira, tinha um perfume delicioso. Entendera o recado, e só de imaginar já estava suando frio.

— Moça, meu trabalho aqui só termina às quatro horas, e eu saio daqui fedendo a suor. Não poderia nem entrar no seu carro.

— Pois é exatamente esse seu cheiro de suor que me excita e é assim que pretendo encontrá-lo. Te pego aqui neste lugar, logo depois das quatro. Esteja aqui.

Dizendo isso, partiu.

Nick precisou de uns minutos para respirar e botar seu corpo em ordem, que já se agitava por antecipação. Quisera dizer a ela que não tinha muita experiência com mulheres. Tudo o que sabia era o que havia aprendido na rua, e não era muito.

Lembrava-se perfeitamente das poucas vezes que estivera com uma mulher. A primeira vez foi aos catorze anos, com o Rogério, um carinha que trabalhava na feira:

— Deixa de sê medroso, Nick. A gente só tem que pagar e elas fazem tudo o que o cara quiser. Você não precisa fazer nada, deixa com elas.

— Não sei, não. Vou fazer papel de bobo e depois tu vai ficar tirando sarro da minha cara.

— Larga de sê besta, Nick. É pra isso que elas estão lá, é pra isso que serve aquela casa, Nick; é para quem não sabe aprender e pra quem já sabe poder praticar, entende?

Como ainda parasse para pensar, Rogério insistiu:

— Deixa de sê mané, cara. Todos os garotos da tua idade já transaram; vai ficar virgem a vida toda, é? Olha que tu acaba virando maricas...

— Tá bom, tá bom... Vamos lá de uma vez.

— Legal, cara!

Nick não podia dizer que sua primeira experiência sexual tinha sido das melhores. A mulher que o levou para a cama tinha idade para ser sua mãe ou sua tia (e uma tia bem velha). Fechou os olhos e tentou não pensar nela dessa forma. Aí, tudo ficou mais fácil. Quando saiu de lá, sentiu pena daquelas mulheres; não parecia certo viver daquela forma. Nick se perguntava se algum dia elas haviam se apaixonado por alguém e tinham tido a chance de ter uma família como todas as outras... Pensou em Talita e no que sentia por ela e ficou horrorizado com a idéia de que um dia ela pudesse viver daquela forma, vendendo seu corpo. Não, nunca permitiria isso...

Depois daquele dia, Nick ainda saiu com uma garota que Rogério arranjou e que não ia cobrar nada, pois estava caidinha por ele. O encontro com ela foi bem mais interessante e estimulante do que aquele na casa das moças. Porém, no dia seguinte, Nick procurou Rogério apavorado:

— Preciso falar contigo, Roger.

— Agora não dá, tô trabalhando, não tá vendo?

Rogério estava arrumando a banca do pai na feira.

— Mas é urgente. Tá acontecendo uma coisa comigo que preciso te contar...

— Agora não dá; seja o que for vai ter que esperar até depois das três horas.

Entendeu que não teria jeito, tinha de esperar até lá.

Depois das três, quando já estavam terminando de limpar as bancas, procurou Rogério novamente:

— Roger, a gente precisa conversar.

Rogério viu a expressão de desespero no rosto de Nick.

— Tá bem, cara. Fala logo, o que é?

Nick olhou para ele meio sem jeito, não sabia por onde começar...

— Roger... eu tô com piolho!

— Quê? Você tá com piolho? Vai raspar a cabeça, cara!

— Fala baixo; não é bem assim... quer dizer... eu tô com piolho, mas...

— Mas o quê, Nick? Você tá com piolho ou não tá?

— Tô, cara, mas... — Nick olhou para os lados para ter certeza de que não tinha ninguém ouvindo. — É que o piolho é aqui ó... — colocava a mão sobre a braguilha da calça.

Roger olhou para ele sem entender nada e ficou pasmo por alguns segundos. De repente, desatou a rir de forma escancarada; ria tanto que apertava a barriga e se contorcia.

Nick o olhava assustado e furioso. Estava numa enrascada danada e seu único amigo, em vez de ajudá-lo, divertia-se à sua custa.

Quando finalmente Roger conseguiu parar de rir, olhou para Nick e falou:

— Isso é chato, cara.

— É chato nada; é horrível! Sinto vontade de coçar o tempo todo e não sei o que fazer. Tenho medo de botar veneno e...

Parou de falar, pois Roger tivera um novo acesso de riso.

— Escuta aqui, cara, se você não parar de rir, vou me embora e nunca mais olho pra você, tá legal? Eu preciso é de ajuda e não de um babaca pra ficar rindo de mim.

Roger ficou com pena e parou de rir.

— Desculpe, Nick. Vou te ajudar.

Puxou o colega para junto de si e sentaram-se numa banca.

— O que quis dizer, Nick, é que isso que você pegou não é piolho, e sim chato. Esse é o nome do bichinho: *chato*. Parece piolho, mas não é. E isso a gente pega pelo contato sexual com alguém que já tenha, entende?

— Mas quando a gente foi lá na casa das moças eu não peguei isso.

— É que o chato se cria na sujeira, entende? Em pessoas que não têm muita higiene, e você deve ter andado com alguém assim...

Nick pensou em dizer de quem era a culpa, já que fora Rogério que arranjara a tal guria caidinha por ele que não cobrava nada, mas desistiu.

— Olha, cara, já entendi o que é, mas por favor, me ajuda a me livrar disso...

— Claro, Nick. Vamos terminar o serviço e te levo num farmacêutico que conheço; o cara é meu amigo. Depois a gente precisa conversar; tem umas coisas sobre mulher e sexo que preciso te explicar. Tu é muito ingênuo, cara!

Isso fora muito tempo atrás, e Nick tivera cuidado dali para a frente, saindo pouco e somente com mulheres bem escolhidas pelo seu critério de higiene e segurança.

Nick pensou em dizer isso àquela moça rica, mas desistiu; ia correr o risco e, mesmo que a decepcionasse, só a oportunidade de vê-la nua valia qualquer preço.

Voltou ao trabalho assobiando.

Logo depois das quatro da tarde Nick guardou suas sacolas num armário com cadeado que alugara na cantina e dirigiu-se ao local combinado. A moça estava lá, com o mesmo carrão.

— Oi, estou aqui! — disse um pouco sem jeito.

— Entra no carro.

Nick obedeceu. Ela ligou o carro e partiu. Não falava nada; estava séria. Usava óculos escuros e concentrava-se na estrada. Nick achou melhor ficar calado e esperar para ver no que ia dar aquilo. Ela usava uma minissaia preta, que deixava à mostra boa parte de suas coxas, que eram maravilhosas. Com o canto dos olhos ele observava cada centímetro de seu corpo; os seios eram como duas pêras, pequenos e firmes. Vestia uma blusa coladinha e, para seu desespero, não usava sutiã; os bicos dos seios despontavam na blusa e deixavam sua garganta seca. Os cabelos eram louros, lisos e longos, e pareciam ser muito macios; os olhos, ele vira na feira, eram azuis. De repente, lembrou das histórias que Roger lhe contava, sobre travestis... seu sangue gelou: "Meu Deus! E se ela for um travesti? Não, não pode ser; é muito bonita e feminina, isso é besteira da minha cabeça. Estou nervoso, é só isso". Não agüentou mais o silêncio e perguntou:

— Olha, não é por nada não, mas já que a gente vai sair junto, dava para a senhora me dizer o seu nome?

— Não precisa me chamar de senhora. Mas já que você quer um nome, pode me chamar de... Kátia.

— Muito prazer, Kátia. O meu nome é Nick.

— Eu sei disso. Não fique nervoso, já estamos chegando.

Ela saíra da preferencial e pegara uma transversal havia uns dois minutos e agora entrara numa espécie de portal. Na entrada, ele lera: Love Crazy Motel. Não entendera o nome, mas entendia o que era um motel, e essa certeza caiu em sua mente como um balde de água fria. Acordara para a realidade; estava num carrão importado, com uma mulher lindíssima, na porta de um motel e não sabia o que fazer quando chegasse lá dentro. Bem, até sabia o que *deveria* fazer, mas certamente aquela moça estava acostumada com homens educados, perfumados, experientes e que não a decepcionavam. E ele seria um fiasco...

— Vai descer ou pretende passar o resto da tarde dentro do carro?

Estivera tão absorto em seus pensamentos que não percebera que ela já estacionara em uma garagem privativa e o esperava do lado de fora. Ela abriu a porta do quarto, entrou e colocou sua bolsa em um dos sofás. Nick estava parado na entrada, boquiaberto. O quarto parecia uma mansão. Havia uma sala com sofás, pista de dança, barzinho; uma área enorme, maior que sua casa inteira, onde via-se ao centro uma cama redonda, cheia de almofadas que pareciam feitas de cetim, bem como os lençóis. Havia uma banheira de hidromassagem, um banheiro enorme, tudo reluzindo de tão limpo e perfumado; e havia várias toalhas pequenas e grandes, bordadas com o nome do motel, espalhadas pelo ambiente. Nick nunca sonhara nada igual.

— Eu poderia levá-lo ao meu apartamento, mas alguém poderia nos ver e eu teria de dar muitas explicações. Por isso achei melhor trazê-lo para cá.

Nick não conseguia responder. Não sabia se sentava ou ficava de pé; não sabia o que fazer com as mãos, se as colocava na cintura, nos bolsos, ou se cruzava os braços.

— Se você não sabe o que fazer com as mãos, porque não as coloca em mim? — dizendo isso, Kátia pegou as mãos de Nick e as colocou sobre seus seios.

— Kátia, pre...preciso te co...contar uma coisa — sua voz estava atrapalhada e rouca.

— Não precisa me dizer nada, Nick. Eu já sei o que quer dizer; quer me contar que nunca esteve com uma mulher como eu antes e por isso não sabe bem como se comportar, não é? Não se preocupe, fique calmo e deixe que eu cuido de você, prometo que não vai doer nada e você não vai se arrepender...

Dizendo isso, Kátia baixou o zíper do jeans que ele usava e colocou a mão dentro de sua calça. Encontrou o que esperava; Nick não a decepcionaria...

Kátia o observara de longe um dia, quando fora à feira levar a empregada da mãe, porque o motorista estava doente. Ele chamava atenção com sua altura e seu porte físico; era muito belo. Tinha a pele bronzeada, como se acabasse de sair do sol, e um sorriso cativante. Ela o viu trabalhando e imaginou seu corpo suado, seus músculos e seu bumbum perfeito; ficou tão excitada que não agüentou a curiosidade. Quando a empregada retornou, perguntou-lhe:

— Maria, quem é aquele moço de blusa azul que está sempre carregando sacolas?

— Aquele é o Nick, é um amor de pessoa, muito simpático. Ele ajuda a gente a carregar o carro e, em troca, a gente dá umas gorjetas. Hoje não o esperei porque a fila estava grande. Muitas mulheres fazem questão de esperá-lo só para ganhar um sorriso e algum comentário gentil; e algumas moças até o paqueram.

Naquele dia Kátia resolvera que voltaria ali sozinha.

Era uma garota rica e poderia ter quem quisesse, mas estava exasperada com todos aqueles engravatados e playboyzinhos que viviam na sua casa, tentando agradá-la. Eram fingidos e estavam mais interessados em sua grana e em seu corpo do que nela como pessoa.

Por isso alugara um apartamento. Poderia comprar quantos quisesse, pois dinheiro não lhe faltava, mas seu pai ficaria sabendo e consequentemente vigiaria seus passos. O aluguel ela pagava em dinheiro e não pedia recibos; em troca, não fornecia seu nome verdadeiro; assim, podia levar ao apartamento quem bem entendesse. Porém, Nick chamaria muita atenção no prédio, pois todos notariam que era um rapaz de classe baixa.

Ela notara desde o princípio que Nick não tinha muita experiência com mulheres. Mostrava-se muito nervoso, sem saber onde pôr as mãos, e seu rosto ficava salpicado de suor. Achara isso perfeito! Nunca estivera antes com um garoto assim. Sabia que Nick deveria ter menos idade do que realmente aparentava, pois, apesar da altura elevada, do corpo musculoso e do sorriso sedutor, tinha nos olhos uma inocência genuína, que os homens experientes não possuem mais.

Seria bom estar com alguém a quem não precisasse provar nada e que não ficaria avaliando seu desempenho sexual. Com Nick poderia ser ela mesma, sem ter de fingir ou fantasiar. E essa seria uma experiência nova; portanto, muito excitante. Aproveitaria cada minuto daquela tarde e, depois, nunca mais o veria...

Nick estava em sua cama e, por mais que tentasse, não conseguia dormir. As imagens repetiam-se sem cessar em sua mente; até do cheiro dela ele conseguia lembrar. Fora um sonho, só podia ter sido um sonho; uma fantasia criada pela sua solidão... Não, não fora um sonho, fora *muito* real, fora *intenso*, fora a experiência mais maravilhosa que já tivera na vida! Ela era simplesmente perfeita, linda, feminina, extremamente sensual e muito segura de si; sabia o que fazia e fazia com vontade, com paixão! Ele fechara os olhos e se deixara levar; estava inseguro e por isso deixou que ela o conduzisse. E ela o conduziu ao paraíso... Fizeram amor tantas vezes e de tantas formas que quando saíram já era noite e Nick sentia as pernas bambas, como se toda sua força tivesse sido sugada. Estava exausto; exausto de uma batalha que ia querer repetir sempre, porque já não poderia viver sem ela... Sabia que o sexo era algo belo, mas não imaginava que fosse possível dar tanto prazer...

Sonhou com Kátia naquela noite...

Em seu apartamento Kátia relembrava a tarde daquele dia; fora inesquecível! Nick correspondera a todas as suas expectativas; belo, corpo perfeito, sensível e dono de um fogo abrasador. Quando ele conseguiu relaxar e deixar que ela o conduzisse, tornou-se um amante excepcional, amando-a com paixão arrebatada. Ele dissera palavras de carinho e de prazer, e pronunciara seu nome durante o êxtase; fora maravilhoso, porque fora verdadeiro; dito com paixão. Não se arrependia de nada, embora estivesse consciente de que tinha sido uma loucura. Ele era um estranho, sem cultura, sem classe, de quem ela nada sabia, além do que a empregada Maria lhe dissera naquela tarde. Agira por ímpeto e podia ter se dado mal; mas isso não ocorrera, e agora não se arrependia de nada. Kátia não existia, era um nome falso e, por isso, deveria desaparecer. Ela nunca mais o veria, porém guardaria para sempre em suas lembranças os momentos que com ele vivera. Fora seu melhor amante.

Kátia nunca mais apareceu, e depois de muitas semanas Nick convenceu-se de que isso nunca aconteceria. Iludira-se por algum tempo, chegando a sonhar que um dia, talvez, ela lhe pertenceria. Estava na hora de pôr os pés no chão e acordar; era um garoto de classe baixa, sem muita cultura, que vivia de gorjetas, e ela uma moça rica. Ele fora um capricho seu, e apenas isso; tudo acabara. Era hora de recomeçar a vida.

Com o que aprendera naquela tarde, Nick criou coragem para aceitar outros convites, tendo o cuidado de usar preservativos, como Kátia lhe ensinara; era um modo de se proteger. Nick não queria se apaixonar por ninguém, pois a imagem de Kátia lhe era muita cara, e seria muito difícil conhecer alguém que viesse a substituí-la. É claro que havia Talita. Porém, ela era ainda muito nova, e Nick precisava dar tempo ao tempo, até porque não tinha certeza de que seus sentimentos por ela fossem além da amizade e do bem-querer. Se um dia esses sentimentos se tornassem paixão, então teria muito a ensinar a ela...

Nick passou a receber presentes de suas clientes, principalmente no seu aniversário, no Natal, na Páscoa... Ganhava perfumes, *kits* de barbear, camisas, cintos, meias, lenços, canetas e, às vezes, dinheiro. Alguns dos presentes eram de velhinhas que o amavam como a um neto. Isso era bom, pois podia economizar.

Nick estava guardando dinheiro (Carmem havia aberto uma poupança para ele) para futuramente comprar uma casa pequena e tirar sua família do Buraco. Talvez Sandro não quisesse se mudar, mas sua mãe e seu pai mereciam uma vida melhor do que morar naquela favela imunda, pois era assim que via seu lar agora; não pela pobreza, mas pela sujeira. Com certeza, com uma casa melhor, um pequeno jardim, utensílios domésticos, móveis novos, a mãe se tornasse uma mulher mais alegre e caprichosa, e talvez o pai parasse de beber.

Nick procurara melhorar a situação da mãe, dando-lhe de presente uma geladeira e um fogão a gás, que comprara numa casa de móveis usados. A mãe nada dissera, porém não recusara o presente, e isso mostrava que ficara contente. Também lhe dera algum dinheiro para que comprasse algumas roupas novas; ainda não a vira usando nenhuma.

Quando recebeu o dinheiro de Kátia, que, como ela dissera, valeria por um mês inteiro de gorjetas que ganhava na feira, Nick comprou um urso de pelúcia para Talita e deu um colar de pérolas falsas que comprara num camelô para Marta.

Tio Inácio sempre o convidava para morar com ele e Carmem, mas Nick não poderia aceitar; seria como abandonar seus pais, e ele não poderia fazer isso. Não contara nada aos pais sobre os planos de comprar uma casa melhor, pois queria lhes fazer uma surpresa. Eles ficariam orgulhosos.

E assim os anos foram passando...

Vendo Tio Inácio sentado na banqueta, puxando o ar com certa dificuldade, Nick tomou uma decisão.

— Tio Inácio, a partir de amanhã o senhor não virá mais para a feira às quatro da manhã; não há necessidade disso. O senhor virá às sete, quando a banca já estiver pronta, e irá para casa às três, na hora dos famintos. Assim não se cansará tanto.

— Está me chamando de velho, Nick? Acha que já não sirvo para nada?

— Isso não é verdade, e o senhor sabe muito bem. Não faça charminho; já deveria ter tomado essa decisão há muito tempo. Não sei como pude ser tão burro de não perceber que o senhor estava se cansando muito.

— Está bem. Discutir contigo seria perda de tempo mesmo.

— Ótimo! Então está decidido.

Naquele dia Tio Inácio foi para casa mais cedo. Como Nick não tinha mais aulas com Carmem em sua casa e haviam combinado dessa forma, às três horas da tarde Tio Inácio pegou o fusquinha e foi embora.

Nick fez seu trabalho como sempre e deixou a banca em perfeito estado para o dia seguinte: limpa e desinfetada. Esquecera-se de mandar a gorjeta do dia por Tio Inácio para que Carmem depositasse no banco próximo ao colégio em que lecionava. Pegou suas sacolas, passou no mercado, comprou pão, leite e alguns doces e tomou o caminho de casa. As sacolas agora se multiplicavam, mas eram como penas, pois com todos os músculos que adquirira e o ritual de todo dia, seu corpo já se acostumara a carregar peso.

Andava de cabeça baixa pensando novamente em Kátia, como costumava fazer de vez em quando. Quando percebeu, já era tarde; estava cercado por vários rapazes na faixa de treze a vinte anos de idade, alguns quase tão fortes quanto ele. Olhou os rostos e teve a sensação de conhecê-los de algum lugar. Eles com certeza o conheciam.

— Olá, Nick. Ainda é cedo, tá indo pra algum lugar? — o rapaz que falou com ele era negro, magro, alto e parecia ser o líder; tinha os dentes podres, que se mostravam agora no que devia ser um sorriso.

Nick olhou em volta. Era o mesmo lugar onde anos antes Leleco o pegara com outro garoto. Será que era o mesmo garoto?

Não havia como escapar, estava cercado, e eles eram muitos.

— Estou indo para casa; levo comida para minha mãe, só isso. Acho que não tem muita serventia para vocês — ele precisava pensar em algo para se safar. E não seria fácil.

— Só isso? Cê tá querendo fazê a gente de bobo, é? Não foi essa a informação que recebemo. Tu tem grana aí contigo, pode ir desembolsando — apontou um estilete para Nick. Os outros fizeram o mesmo.

Aquele havia sido um dia especialmente bom, e Nick tinha bastante dinheiro no bolso. Fora burro, devia ter deixado o dinheiro no armário com cadeado que tinha na cantina; se os caras pegassem todo aquele dinheiro, nunca mais o deixariam em paz, fariam tocaia todos os dias.

— Olha, só ganho umas gorjetas no trabalho, e tudo o que ganhei hoje gastei no mercado. Por isso, não sobrou nada. Se vocês quiserem posso trazer a gorjeta de amanhã e entregar para vocês aqui, só que vou avisando: não é muita coisa.

— Não diga! Qué dizê que tu acha que nóis semo um bando de otário que não sabe que tu anda enchendo tua mãe de presente e deu pra andar todo arrumadinho. Ainda diz que a gorjeta é pouca, né? Acontece, babaca, que aqui no Buraco quem manda semo nóis e tu vai andar na linha e prestá conta com a gente. Mas primeiro tu vai aprendê uma lição, seu maricas...

Dizendo isso, os outros o agarraram e começaram a espancá-lo. Nick tentou reagir, mas viu os estiletes e achou melhor ficar quieto; ia apanhar bastante, porém era melhor sair vivo. Já estava com as vistas turvadas pelos socos que recebera no rosto quando viu alguém parado atrás deles: Sandro. Nick pensou: "Ele veio me salvar".

Quando caiu por terra, antes de desmaiar, a última cena que viu foi seu irmão parado no mesmo lugar com uma arma nas mãos, sorrindo. Em algum lugar sua mente registrou uma frase:

— Não sangrem ele.

6

ESTAVA TUDO MUITO escuro; devia ser muito tarde. Nick tentou olhar o relógio para ver as horas. Todo seu corpo doía; cada movimento, por mais lento e cuidadoso que fosse, era uma tortura. Sua cabeça girava e tinha ânsias de vômito.

Tentou erguer-se e desmaiou de novo.

Quando acordou novamente, o dia amanhecia. Tentou lembrar o que acontecera e por que estava ali. A imagem de Sandro sorrindo, com a arma nas mãos, veio-lhe à mente. Lembrou-se da frase: "Não sangrem ele". Quem dissera aquilo? Fora o Sandro? Então ele lhe salvara a vida. Mas por que não atirara em ninguém? Por que não tentara assustá-los com a arma? E por que o deixara ali caído, sozinho e ferido? Quanto mais tentava pensar, mais sua cabeça doía. Prestou atenção em si mesmo; estava só de cuecas. Levaram suas roupas, seu par de tênis que ganhara de Carmem no último Natal, seu relógio e... seu dinheiro. Então, lembrou-se: Tio Inácio não iria para descarregar o caminhão e arrumar a barraca. Haviam combinado no dia anterior que ele só iria às sete. Ele precisava ir para a feira, precisava arrumar a barraca a tempo. Não podia decepcionar Tio Inácio.

Arrastando-se como podia, começou o caminho de volta para a feira.

* * *

Ele estava com Kátia; ela lhe beijava os lábios e dizia:

— Você é muito gostoso, Nick, adoro você. Vou ficar sempre com você!

Sua mãe, numa roupa bonita, com um avental branco, tirava o pó dos móveis e dizia:

— Nick, meu querido, o que você vai querer hoje para o almoço? Posso fazer aquele picadinho de carne que você adora.

Mas era Carmem quem fazia o picadinho de carne que ele adorava. Bem, Dona Olinda não precisava saber disso; não queria magoá-la.

Uma voz de homem que não conhecia dizia ao longe:

— Me dê o pulso agora.

O pulso? Ah! Sim, o pulso; tinha que ver as horas. Mas para que mesmo? Talvez tivesse um encontro com a Kátia e não deveria se atrasar. Olhou para as mãos; segurava algo nas mãos, o que era? Era uma arma. Mas ele não tinha armas, não precisava de uma arma. Por que segurava uma arma?

— Ele está voltando... Atenção, vamos pegá-lo, ele está voltando.

Quem está voltando? Nick sentiu uma pontada na cabeça e uma dor muito forte. Estavam batendo nele de novo; tinha de reagir, precisava reagir. Começou a se debater, mas seus pulsos estavam amarrados.

— Calma, Nick, calma. Por favor, acalme-se; vai ficar tudo bem.

Nick abriu os olhos. Estava num lugar estranho, com um monte de gente em volta falando coisas que não entendia. Tinha uma máscara para oxigênio no rosto e havia alguns tubos presos em seus braços, por agulhas e esparadrapos.

Sua mente foi clareando e ele entendeu: estava num hospital. Queria falar, mas viu que estava fraco. Seus olhos se fecharam, e sentiu muito sono. Havia tantas perguntas a fazer, mas sua mente não obedecia, preferia dormir...

— Oi, querido. Como está se sentindo?

— Carmem, que bom ver você! Como vim parar aqui? Onde está Tio Inácio? Que horas são? Alguém tem que ir para a feira. — Havia tantas coisas a dizer, e falar doía tanto...

— Acalme-se, Nick, está tudo bem. Poupe suas energias, vai precisar delas. O médico disse que você precisa repousar e não deve se agitar muito.

— Sinto dores em vários lugares, e minha visão está meio turva.

— É natural, Nick, você está muito machucado.

— Olá, como vai o nosso Hércules? — o médico entrara no quarto acompanhado de uma enfermeira. Enquanto se dirigia a Nick e Carmem, a enfermeira concentrou-se em injetar alguns produtos no tubo de soro que estava ligado ao braço do paciente e fazer algumas anotações numa prancheta que ficava ao lado da cama.

— Bom dia, dr. Carlos — Carmem adiantou-se e cumprimentou o médico.

— Bom dia, Carmem. Fico feliz em ver que nosso garoto acordou. — Virando-se para Nick, continuou: — Sou o dr. Carlos, seu médico; eu e minha equipe tivemos bastante trabalho para cuidar de você, garoto. Você fraturou duas costelas e entrou em coma devido aos vários socos que levou na cabeça; vamos ter que esperar você se recuperar um pouco e depois iniciaremos vários exames para ver se ficou alguma seqüela em seu cérebro. Você ainda não poderá se alimentar normalmente, devido ao inchaço nos lábios e aos cortes na parte interna da boca; teve muita sorte em não perder nenhum dente. Levará alguns meses para se recuperar totalmente das costelas e poder fazer grandes esforços. Quanto aos órgãos internos, estão todos bem, não sofreram grande estrago, apenas estão magoados, o que lhe provocará dores durante alguns dias, principalmente ao tossir, espirrar ou respirar com muita força. Talvez também sinta alguma dor para urinar. O corte de estilete que levou no braço direito logo cicatrizará, pois não foi muito profundo. Você sobreviverá, isso eu garanto.

Olhou-o nos olhos e continuou:

— Caso tenha se metido em alguma briga, garoto, é bom saber que, da próxima vez, poderá não sobreviver ou ficar com seqüelas terríveis pelo resto da vida; o que ainda não tenho certeza se não vai acontecer com você enquanto não fizer os exames no cérebro. Caso tenha sido assaltado, aconselho-o a tomar mais cuidado, evitando se possível o caminho por onde passou. Gostaria de perguntar algo?

Nick não sabia o que dizer. Seu pensamento ainda estava lento e não conseguira assimilar tudo o que o médico falara.

— Não, doutor, nenhuma pergunta.

— Ótimo, amanhã passarei no mesmo horário. Se precisar de algo, aperte aquela campainha vermelha e uma das enfermeiras virá atendê-lo. Com licença. — Fez um aceno de cabeça para os três e saiu.

A enfermeira dirigiu-se a Nick:

— Não se assuste, garoto. O dr. Carlos é um ótimo profissional, mas é muito ocupado. Tem vários pacientes para visitar todos os dias, e o estão sempre chamando para emergências como a sua. Por isso procura ser o mais breve possível. No entanto, preocupa-se com cada um de seus pacientes, pode ter certeza disso.

— Obrigado! — Nick tentou sorrir, mas sentiu dor. Quis ler o nome da enfermeira no crachá, porém sua vista o traiu.

A enfermeira saiu e Carmem voltou a conversar com ele.

— Carmem, como vim parar aqui?

— Você conseguiu de alguma forma chegar na feira, e quando estava perto do pátio das barracas, desmaiou. Estava sangrando muito, e só vestia uma cueca. Um dono de barraca, o Seu Juca, viu você e avisou meu pai.

— Meu Deus, Tio Inácio! Eu o deixei na mão. Não havia ninguém para arrumar a barraca para a feira de hoje.

— Isso não foi hoje, Nick, foi ontem. Mas não se preocupe, pois deu tudo certo. Você muitas vezes ajudou outros barraqueiros num momento difícil; como alguns deles haviam escutado a conversa de vocês combinando para o meu pai só ir às sete horas e você não apareceu, eles se juntaram e fizeram o trabalho. Quando meu pai chegou, estava tudo pronto. Só ficou muito preocupado com você.

— E quem me trouxe para cá?

— Foi meu pai que pediu para o filho do Seu Ernesto, aquele amigo lá da feira, cuidar da barraca enquanto te levava para o hospital. Ele te trouxe para a Emergência e depois foi no colégio me pegar. Pedi dispensa na escola e vim cuidar de você. Só trouxeram você para o quarto ontem à noite, e você dormiu até agora; são quase quatro horas da tarde, e daqui a pouco meu pai vai estar aqui.

— E quem vai pagar tudo isso, Carmem? Por favor, use o dinheiro da minha poupança, não quero que vocês gastem comigo.

— Não se preocupe, Nick, você é ajudante registrado do meu pai. Cada barraqueiro pode ter apenas um, para quem a prefeitura deve todos os auxílios previstos em lei. Por isso, você está aqui por conta da prefeitura; meu pai alegou que você foi agredido por assaltantes dentro do pátio das barracas quando chegava para o trabalho, portanto foi um acidente de trabalho.

— Mas os outros barraqueiros sabem que não é verdade.

— Não se preocupe, ninguém dirá nada. Eles são muito unidos e sabem que meu pai está fazendo uma boa ação; e enquanto você não voltar, ajudarão meu pai com o serviço, se revezando, até que fique bom.

Nick estava pensativo. Tantas pessoas que não eram seus parentes se preocupando e, de certa forma, ajudando-o a superar aquele momento. E sua família? Sua mãe e seu pai sentiriam sua falta? Ficariam preocupados e tentariam localizá-lo? Sabiam que estava trabalhando na feira.

Havia uma pergunta que estava evitando fazer a si mesmo: "Por que Sandro fizera aquilo?". Por que seu próprio irmão mandara atacá-lo daquela forma, se era ele quem estava sustentando a casa, ajudando sua mãe, tentando melhorar a vida deles?

Por quê? Ciúme? Inveja? Se queria dinheiro para comprar drogas, por que simplesmente não pedira?

Carmem o olhava em silêncio. Sabia que ele travava uma batalha interior; sabia que enfrentava seus próprios demônios e não podia ajudá-lo. Durante todos aqueles anos ele protegera a imagem de sua família perante ela e Tio Inácio; nunca os acusara de nada. Mas em seu íntimo ela sabia que aquela surra tinha ligação com a família e que Nick teria de tomar uma decisão muito difícil, teria de deixar sua família e viver sua própria vida. A decisão tinha de partir dele.

Um barulho na porta tirou Nick de seus pensamentos. Carmem virou-se e viu Tio Inácio entrando; seu rosto iluminou-se ao perceber que Nick estava acordado. Aproximou-se da cama sem nada dizer, e Carmem viu que havia lágrimas em seus olhos.

— Olá, filho! — foi tudo que sua voz embargada conseguiu pronunciar.

Carmem os observava.

As lágrimas também corriam pelo rosto de Nick. Era a primeira vez que Tio Inácio o chamava de filho, e ele tinha vontade de chamá-lo de pai, porém não seria como matar seu próprio pai?

— Oi, Tio Inácio. Viu, eu sobrevivi, e foi graças aos fortificantes que o senhor me dava, lembra?

Tio Inácio o olhava com amor. Nick era o filho que perdera; sua esposa falecera em um acidente doméstico no sexto mês de gestação e esperava um menino. Durante todos aqueles anos, sofrera muito com essa perda dupla, a mulher que amava e o filho que não chegara a conhecer. Mas tinha uma linda menina para criar, de apenas dois anos de idade e que precisaria muito dele. Por causa dela, lutou contra a dor e a tristeza, e jurou a si mesmo que daria sua vida se necessário para que ela fosse feliz. Apesar de na época ter apenas 31 anos, Tio Inácio nunca mais se casou; esqueceu de si mesmo para viver para Carmem, seu tesouro. E depois de tantos anos o destino lhe trouxera Nick, que aprendera a amar como filho.

— Você nos deu um grande susto, Nick! — Ele agora secava as lágrimas.

— Eu sei — Nick baixara os olhos.

— Acho bom você se comportar direito e procurar sarar logo; está com uma cara horrível, e desse jeito vai acabar perdendo as namoradas. Por falar nisso, eu as proibi de vir ao hospital visitá-lo, senão ia ser um tal de entra e sai no seu quarto que os médicos iriam expulsá-lo daqui.

— Não me faça rir, Tio Inácio; dói muito. — Tentava segurar a vontade de rir.

— Pai, o horário de visita está terminando e Nick precisa descansar. Vamos indo, amanhã a gente volta — Carmem falou, abraçada a Tio Inácio.

Nick estava meio adormecido devido aos medicamentos e mal os viu sair.

No caminho para casa, Carmem e Tio Inácio trocavam idéias sobre o futuro de Nick e decidiram que, de alguma forma, iriam convencê-lo a ir morar com eles. Não havia outra saída.

Nick permanecera ainda alguns dias no hospital, e os exames no cérebro não apontaram nenhuma seqüela. Isso foi um alívio para todos, inclusive para médico e enfermeiras, que acabaram afeiçoando-se a ele.

Recebera alta, mas ainda não podia fazer esforço físico, devido às fraturas nas costelas. Como não agüentava ficar em casa, tinha voltado a trabalhar na feira, apenas no caixa, cobrando as contas. Ao sair do hospital, fora levado para a casa de Tio Inácio, e nem por um momento questionara a decisão; porém, estava muito preocupado com a família. O que seria do pai e da mãe sem os alimentos que ele levava? Será que Sandro estava providenciando? E Talita, ela devia estar preocupada com ele. Porém, sabia que seria suicídio voltar lá. Não esquecia que Sandro andava armado, e muito menos o sorriso que tinha no rosto enquanto ele era espancado. No entanto, alimentava uma esperança: na hora dos famintos, apareceria alguém do Buraco, um conhecido a quem pudesse perguntar pelo pai e pela mãe. Teve de esperar algumas semanas até que aparecesse alguém confiável e então aproximou-se. Era um senhor na casa dos cinqüenta anos, que vira várias vezes na vizinhança, embora não soubesse o nome:

— Com licença, o senhor poderia me dizer algo sobre o Seu Osvaldo e a Dona Olinda, lá do Buraco? Sabe se está tudo bem lá?

O homem olhou desconfiado para Nick, tentando lembrar se o conhecia de algum lugar. Certamente era alguém para quem o Osvaldo ficara devendo e agora queria receber.

— Se tá querendo mandá algum recado por causa de dívida, vô avisando que o Osvaldo morreu faz quase uma semana. Foi encontrado dentro duma vala de esgoto. Devia de tá tão bêbado que não viu o buraco e caiu dentro; e não adianta tentá cobrá da Dona Olinda, que ela também morreu; dizem que não agüentô a perda do marido e se enforcou atrás de casa.

O homem viu o moço "arrumadinho" ficar branco e de boca aberta, sem acreditar. Claro, não ia mais recuperar o seu dinheiro; problema dele. Já falara demais, e por isso se mandou sem esperar resposta. E por uns tempos, era melhor não voltar ali.

Nick ficou parado olhando para o nada. Estava em estado de choque.

No campinho, um pequeno grupo estava reunido:

— O que descobriram?

— Já sabemos onde é a casa, chefe. Ele trabalha na feira com o velho.

— Observem a rotina; quero ele bem vigiado.

— Certo, chefe. E o babaca?

— Ele vai ser o último. E vai ser do meu jeito...

Carmem passara o resto da tarde e grande parte da noite tentando conversar com Nick. Ele fora para seu quarto, sentara-se na cama, encostado nos travesseiros, e olhava para o nada. Não falava nem olhava para ela. Se ao menos ele chorasse, ou gritasse, ou xingasse, qualquer coisa que não fosse aquele silêncio... Tio Inácio também tentara conversar com ele, porém não obteve melhor resultado.

Nick resolvera suportar sua dor sozinho; as palavras haviam perdido o sentido, e nada que pudesse dizer ou nada do que lhe dissessem parecia ter nexo. Seu pai nunca errara o caminho de casa por mais bêbado que estivesse, e sua mãe jamais se mataria; não teria coragem para isso. Nem o amor (se é que havia algum) que ela sentia por seu pai era tão grande a ponto de levá-la a esse extremo. Sabia que havia algo de muito errado naquela história; e sabia que tinha a ver com Sandro.

Agora se culpava. Por que não os tirara de lá a tempo? Com o dinheiro que tinha guardado poderia ter comprado não uma casa tão boa quanto queria, mas uma menor em outro lugar que não fosse o Buraco. Isso com certeza teria salvo seus pais. E que será que tinham feito com Budi? Nunca mais voltaria lá, sabia disso. Só sentia por Talita; o que o destino reservaria para ela? Infelizmente, não poderia salvá-la; ela teria de lutar sozinha.

Passou a noite em claro, pensando, pensando, pensando...

Pela manhã, chegara a uma conclusão: iria embora. Não poderia pôr em risco a vida de Tio Inácio e de Carmem; sabia que eles correriam risco se ele não partisse. O que acontecera com os pais não fora mero destino, e eles tentariam pegá-lo. Não era mais um garotinho ingênuo, não poderia jamais enfrentá-los. Teria de fugir, nem tanto pela sua vida, mas pela vida daqueles a quem amava.

Levantara-se cedo e arrumara suas roupas. Quando foi para a cozinha, Carmem colocava a mesa para o café, e Tio Inácio sentara-se em seu lugar de hábito.

— Tomei uma decisão: vou embora.

— Isso é loucura, Nick, você está abalado pela perda que sofreu. Por favor, sente-se e vamos conversar. — Carmem tinha certeza de que era coisa de momento.

— Sente-se, filho. Você está precisando de um café bem forte — disse Tio Inácio.

Conversaram muito sobre o assunto, e Nick estava mesmo irredutível.

— Não vou colocar a vida de vocês em risco. Sei o que estou dizendo e vou embora.

— Vamos combinar uma coisa, Nick. Você vai hoje para a feira ajudar meu pai e a gente vai começar a procurar um ajudante para ele. Se você quer realmente partir, não iremos impedi-lo, mas meu pai não pode tocar a feira sozinho. Em um ou dois dias conseguiremos alguém para ajudá-lo, e então você estará livre. Está bem assim?

— Está certo, Carmem. Mas vamos fazer isso o mais rápido possível; é para o bem de vocês.

Mais dois dias se passaram quando finalmente Tio Inácio conseguiu um rapaz para substituir Nick. Combinaram de fazer um teste na quinta e na sexta-feira e, se fosse aprovado, na segunda ele começaria em definitivo. Nick então poderia partir no sábado à noite.

O garoto, que tinha uns catorze anos e era bem encorpado para a sua idade, passou no teste. Na sexta-feira Nick foi ao banco e sacou todo o seu dinheiro. Deixou uma parte com Tio Inácio como forma de agradecimento e comprou uma passagem de ônibus para a capital. De lá pegaria outro para um lugar qualquer que ele ainda não decidira.

Ao chegar em casa, Carmem conversava com o pai:

— Sei que nós havíamos combinado de eu trazer o Jorge aqui em casa no sábado, mas com a partida do Nick o senhor estará muito triste e, então, é melhor que ele venha outro dia.

— Não, minha filha, é justo por isso que você deve trazê-lo; a presença dele nos ajudará a superar a dor e, além do mais, ele é seu primeiro namorado, faço questão de conhecê-lo o quanto antes. Ele entenderá nossa dor e nós com certeza nos daremos bem. Assim, no mesmo dia que perderei um filho, ganharei outro.

— Está bem, pai.

Nick entrava nesse momento.

— É uma pena que não possa conhecê-lo, Carmem. Mas se você o escolheu é porque com certeza deve ser uma pessoa muito legal. Fico muito feliz por você.

— Obrigado, Nick. Que horas sai o seu ônibus?

— Às oito. Por isso vou sair de casa às seis, para não correr o risco de me atrasar.

— Que pena, Jorge só virá depois das oito.

No campinho...

— Tudo acertado?

— Tudo, chefe. Vamo entregá o pacote hoje. É um lugar calmo, por isso vamo depois das deiz pra ninguém vê a gente.

— Aqui estão os silenciadores. Não aceitarei erros.

— Certo, chefe.

Nick arrumara apenas o que coubera numa mala que comprara no dia anterior.

Sabia que o momento de despedida seria difícil para todos, por isso iria tentar amenizá-lo, principalmente por causa de Tio Inácio.

— Não quero saber de choradeira, estou indo embora, mas não é para sempre. Assim que conseguir um emprego e um lugar certo para morar, vou escrever para vocês. E sempre que possível virei visitá-los.

— Cuide-se bem, Nick. Não se esqueça de se alimentar direito e, principalmente, não se esqueça de que nós o amamos muito.

— Nunca me esquecerei disso, porque eu também os amo.

Caminhou até Tio Inácio:

— Até logo, Tio Inácio — disse, abraçando-o.

— Eu não sou seu tio, moleque.

— Claro que não. Você é meu pai, o pai que sempre quis.

Os dois homens choraram abraçados.

E Nick partiu sem olhar para trás.

7

ERAM 19H55.

O alto-falante da rodoviária avisara que seu ônibus partiria em cinco minutos. Nick encaminhou-se ao portão 23, apresentou o bilhete, entrou no ônibus e ocupou a poltrona 17, uma das poucas que ainda estavam vazias.

Às vinte horas em ponto, com todos os assentos ocupados, o ônibus partiu.

Nick vira sentar-se ao seu lado um senhor obeso de rosto vermelho. A viagem até a capital duraria pouco mais de cinco horas. Quando chegasse lá, decidiria que rumo tomar.

Recostou seu banco e dormiu.

Eram 22h13.

Vestidos de preto para confundirem-se com a noite, cuidadosamente eles saíram do prédio em construção que fazia fundos com a casa aonde queriam chegar. Sem fazer barulho e com movimentos de felinos, pularam o muro e encostaram-se na parede lateral da casa. Um deles espiou por uma janela e cochichou para os outros três:

— O velho tá dormindo no sofá na frente da televisão. A moça e o alvo tão conversando na cozinha. Eu cuido do velho, Esquilo pega a moça e Xandó pega o alvo; Kiko vai dar cobertura. Não esqueçam: sem erro, se algo der errado, a gente tá ferrado.

Os outros três concordaram com um sinal de cabeça e seguiram para a porta dos fundos, que dava na área de serviço; a porta estava apenas encostada. Com cuidado, esgueiraram-se para a cozinha. Carmem e Jorge estavam sentados lado a lado, de costas para eles. Ela deitara a cabeça no ombro de Jorge e conversavam enquanto ele acariciava seus cabelos. Esquilo e Xandó aproximaram-se silenciosos e, rápida e praticamente juntos, seguraram as vítimas pela cabeça, enquanto, com a mão direita, apertavam contra seus narizes um pano embebido em éter. Carmem logo desmaiou, e Jorge ainda tentou lutar, mas recebeu uma coronhada na cabeça e caiu desmaiado sobre a mesa.

Enquanto isso, o que estava no comando encaminhou-se para a sala de televisão, onde seu Inácio adormecera no sofá, ainda sentado. Aproximou-se e adotou o mesmo procedimento de seus comparsas.

Voltando para a sala, o líder olhou para Jorge, que estava inconsciente:

— Merda! Esse não é o alvo.

— E agora, o que a gente faz? — perguntou Esquilo.

— Vamo limpá a casa e cair fora.

Os quatro olharam-se e levantaram o polegar direito num gesto de concordância. Sem fazer barulho, abriram as gavetas, os guarda-roupas e as portas da estante e esvaziaram seus conteúdos, tendo o cuidado de não jogá-los no chão, mas sim de colocá-los lentamente de volta. Levaram apenas o que acharam de dinheiro nas gavetas e alguns anéis do porta-jóias. Na saída lembraram-se de pegar o dinheiro de Jorge e as jóias que a moça usava.

Quando terminaram, encostaram a porta dos fundos e voltaram por onde vieram. Um pouco à frente, entraram num carro que os esperava.

— Droga, o chefe não vai gostar disso...

* * *

Nick chegara na rodoviária da capital por volta de uma hora e vinte minutos. Estava com muita fome e procurou uma lanchonete; fez um bom lanche e foi ao sanitário. Depois dirigiu-se aos guichês para comprar uma passagem para algum lugar. Num dos cartazes próximos aos guichês havia um mapa do Estado. Nick olhou para um ponto bem distante da capital e apontou o dedo a esmo, olhou o nome da cidade que ficara embaixo de seu dedo: Mirinápolis.

— Moça, quero uma passagem para Mirinápolis.

— O ônibus para essa cidade só sairá às oito, e o tempo de viagem é de treze horas. Ainda vai querer?

— Vou sim.

Nick alugou um guarda-volumes e guardou sua mala; levou consigo só o suficiente para um lanche e mais alguns trocados. Como ainda faltava muito tempo, foi dar uma olhada nas lojas da rodoviária.

Estava numa revistaria e olhou o relógio: 7h45. Estava saindo da loja quando viu um garoto chegando com uma pilha de jornais:

— Notícias fresquinhas — anunciava com um sorriso no rosto.

Resolveu comprar um. Teria algo para se distrair na viagem.

O ônibus não estava muito cheio e, por isso, escolheu um banco vazio no fundo e se instalou à vontade. Depois pegou o jornal; a manchete dizia: Noite Violenta em Bairro Calmo. Leu a seção de esporte e depois começou a folheá-lo; na página policial uma foto chamou-lhe a atenção: um casal de jovens nus, deitados um sobre o outro, numa praia deserta, com os corpos ensangüentados. O rosto do rapaz estava de frente, e Nick sentiu um aperto na garganta: Sandro. Então estava certo, a morte de seus pais não tinha sido ocasional e com certeza ele seria o próximo da lista. Sandro fizera algo que desagradara seus comparsas e agora eles se vingavam exterminando toda a família. Graças a Deus deixara a casa de Tio Inácio; assim eles não corriam riscos.

Enquanto refletia, uma coisa começou a incomodá-lo: o que lera na capa do jornal? Algo sobre um bairro calmo. Com as mãos tremendo, procurou pela matéria e pedia mentalmente: "Não, meu Deus, por favor, não. Não faça isso comigo; nunca me perdoarei". Achou a página, duas fotos grandes ocupavam quase toda a folha: uma da casa de Tio Inácio com muita gente na frente, e outra de Carmem, Tio Inácio e um rapaz que Nick não conhecia e que trazia um grande curativo na cabeça, com certeza deveria ser o Jorge. Leu rapidamente a reportagem e ficou sabendo que alguns rapazes encapuzados e armados haviam invadido a casa de Tio Inácio e levado algumas coisas de valor. Eles não sabiam explicar bem ao certo, pois tinham sido pegos de surpresa e forçados a inalar um produto que os deixara inconscientes. Apenas Jorge, que tentara lutar, chegara a ver dois rapazes encapuzados e armados, além daquele que o segurava; em conseqüência de sua reação, levara uma coronhada na cabeça e, por isso, usava aquele curativo enorme. Na vizinhança, ninguém vira os rapazes entrar nem sair da casa de Tio Inácio. As pessoas estavam assustadas, pois aquele sempre fora um bairro calmo e nunca houvera por ali aquele tipo de ocorrência.

Acabara de ler a matéria do jornal e sentiu-se ainda mais deprimido. Sem querer, colocara em risco a vida das pessoas que amava e até de uma pessoa que ele nem sequer conhecia. Com certeza Tio Inácio e Carmem passaram por momentos angustiantes em que estiveram na iminência de ser mortos. E agora, como estariam? Com certeza, apavorados! Nick não tinha dúvida de que aqueles marginais tinham estado lá à procura dele e de que talvez voltassem. Pobres Tio Inácio e Carmem! Em que enrascada ele os metera... Primeiro, seus pais, que perderam a vida por causa dele; sim, era sua culpa; podia muito bem tê-los tirado de lá fazia tempo. Mortos, todos mortos; seu pai, sua mãe, seu único irmão... E havia Talita, a quem abandonara...

Durante a viagem o ônibus fizera três paradas; duas para lanche e uma para almoço. Não comera nada, não sentia fome e não sabia se um dia voltaria a sentir; pouco importava. Seus pensamentos estavam perdidos em algum lugar, num vácuo, onde nada fazia sentido; imagens, sons, cores, gostos, palavras... nada importava.

Sentia uma dor que não imaginava existir, uma dor intensa no coração, que formava um nó na garganta; um sentimento que não era físico mas, ao mesmo tempo, era pior que a dor física, pois para esse tipo de dor não havia remédio. Não conseguia sentir ódio nem revolta, nem pena de si mesmo. Apenas aquela dor sem nome, que corroía a alma. Talvez estivesse morrendo... por dentro.

Por um momento voltou à realidade; estava num ônibus. Observou que além dele havia apenas quatro passageiros, os outros, com certeza, haviam descido ao longo do caminho e ele nem percebera. Ouviu a voz do motorista pela caixa de som:

— Em dez minutos estaremos em Santa Cruz. Próxima parada somente em Mirinápolis, daqui a uma hora. O descanso será de cinco minutos.

Nick observou os quatro passageiros: um casal de idade, uma senhora de uns quarenta anos e um garoto de aproximadamente quinze anos saltaram com o motorista. Ficou no ônibus. Pelo tamanho da rodoviária, se é que se podia chamá-la assim, a cidade não era muito grande. Passados os cinco minutos, o motorista voltou sozinho.

— Moço, daqui para a frente somos só nós dois; se quiser, pode se sentar aqui na cabine comigo, para irmos conversando, assim o tempo passará mais rápido.

— Não, obrigado. Estou com sono e vou dormir. — Nick não queria conversar com ninguém. Ainda não.

Em uma hora chegaram a Mirinápolis, uma cidadezinha pequena e deserta.

O ônibus parou em frente a uma pequena sala, onde se podia ler na parede: correios, passagens, aviamentos, jornais, cigarros e outras coisas mais. Não sobrava quase nenhum espaço em branco.

— Pode descer, moço. Chegamos em casa.

Desceu e pegou sua mala no bagageiro. Entrou na lojinha e olhou no relógio: 21h05. Atrás do balcão, uma senhora sorridente perguntou-lhe:

— Em que posso ajudá-lo, filho? Veio visitar alguém? Diga-me quem é e direi onde mora.

— A senhora poderia indicar-me um hotel?

— Não, querido, não temos hotel aqui, só temos a Pensão da Vó Belinha. Vá até a pracinha e contorne a igreja. Logo em frente você verá a placa; é um casarão antigo, com um grande jardim. Você pretende ficar aqui por muitos dias?

— Ainda não sei, senhora. Agradeço a sua informação. Boa noite. — Saiu para a rua e dirigiu-se à pracinha.

— José, venha aqui. Temos novidade! — gritou a mulher para os fundos da loja. Na manhã seguinte todos saberiam que alguém de fora chegara à cidade. Um jovem bonito mas muito estranho.

As ruas estavam completamente desertas, porém percebia-se que eram muito bem-cuidadas, com canteiros de flores; havia poucas casas, como se fosse uma vila fechada.

Não precisou caminhar muito para achar a pensão. A iluminação externa não era das melhores, a porta estava encostada mas ouviam-se vozes no interior, por isso achou melhor não bater; abriu a porta e entrou. Era um ambiente pequeno e muito aconchegante. Havia umas vinte pessoas no salão, em sua maioria homens, e todos viraram-se para observá-lo. Nick viu uma senhora na faixa dos sessenta anos, com olhos muito vivos, que denotavam inteligência e bondade, do lado de dentro do balcão. Aproximou-se enquanto todos o seguiam com os olhos num silêncio total.

— Boa noite, senhora.

— Boa noite, filho. Procura por um quarto? — A senhora o observava: jovem, em torno dos vinte anos, embora aparentasse mais. Mais alto que a maioria dos homens ali presentes; muito bonito, porém com marcas no rosto, parecia ter sofrido um acidente recente. Os olhos deixavam transparecer uma dor intensa. No entanto, não havia maldade neles. Lembrava-lhe um pássaro ferido.

— Sim, senhora. Agradeceria se pudesse conseguir um quarto para mim. — Ele só queria um banho e uma cama.

— Como é seu nome, filho?

— Nícolas Menno.

— O meu é Isabel Dantini, mas pode me chamar de Vó Belinha. Aqui está a chave do seu quarto; deve ter sido uma longa viagem, e você parece não ter dormido nada. Por favor, tome um banho e desça para um prato de sopa; depois poderá dormir até quando bem entender. Amanhã conversaremos melhor. — Dizendo isso, indicou-lhe a escada que levava ao segundo andar.

— Obrigado, senhora, mas não tenho fome.

— Não discuta comigo, Nícolas, conheço um homem com fome a quilômetros de distância. E me chame de Vó Belinha, como todo mundo.

Nick não respondeu. Pegou a chave que a senhora lhe estendia e subiu.

O quarto era grande e muito confortável. Trancou a porta e foi tomar um banho, recusando-se a prestar atenção na forma como as pessoas o tratavam, chamando-o de filho; e o nome da pequena senhora: Vó Belinha. Tudo isso lembrava-lhe um pai, uma família, e disso ele não queria se lembrar...

Enquanto a água escorria por seu corpo, deixou que as lágrimas rolassem e pediu, mentalmente, que a água levasse embora toda sua dor, purificasse sua alma e afastasse para sempre as lembranças...

Enquanto isso, no salão, os homens se aproximaram do balcão.

— Vó Belinha, você não perguntou nada a ele; quem é? De onde vem? O que faz aqui? Ele é um estranho, foi muita imprudência da senhora.

— Senhor prefeito, o senhor não vive dizendo que temos de tratar melhor os turistas, fazer com que se sintam em casa para que voltem e tragam consigo suas famílias e amigos e, principalmente, seu dinheiro?

— Sim, Vó Belinha, está certo, mas esse rapaz, a senhora viu que cara estranha?

— Ele tem razão, Vó Belinha. E, além disso, ele passará a noite aqui com a senhora e com Alice; e se for um bandido? — perguntou um senhor atarracado, meio careca, que usava um jaleco branco.

— Ora, Seu João. A cara dele é a de todo viajante que chega de ônibus: mostra cansaço, esgotamento, fome e sono. E além do mais me pareceu um pouco doente; caso seja isso, alegre-se, amanhã o enviarei à sua farmácia e ele deixará lá um pouco do dinheiro que trouxe.

— Esse é outro ponto, a senhora não fez preço nem cobrou o adiantamento como sempre faz. E se ele não tiver dinheiro algum? — interveio um jovem de uns trinta anos, que trabalhava na prefeitura.

— Meus senhores, vou lhes dizer algo. Moro nesta cidade há mais de sessenta anos; conheço vocês todos muito bem e já sei de cor o que cada um vai dizer. No entanto, parece que vocês é que ainda não me conhecem direito. Alguma vez já me enganei com algum dos meus hóspedes? Por acaso, sempre que acreditei que haveria problemas, não os avisei com antecedência? Portanto, façam-me um favor, já está quase na hora de fechar, tomem o caminho de casa e até amanhã. Se precisar de vocês, mando avisar.

— Eu ficarei até ter certeza de que está tudo bem — disse o veterinário, um homem alto e musculoso com cara de bravo.

— E eu também — avisou o dono do pequeno mercado.

— Está bem, está bem; mas os demais vão andando. Boa noite — resmungou Vó Belinha.

Com exceção do veterinário e do comerciante, os demais foram saindo um a um.

— Alice, aqueça a sopa; temos um hóspede — falou Vó Belinha pela abertura na parede que dava para a cozinha.

Nick pensara em não descer, mas, quando finalmente saiu do chuveiro, sentiu as pernas bambas e o estômago vazio. Lembrou que a última vez que comera algo fora na rodoviária da capital. Abriu a porta do quarto e sentiu o aroma delicioso que vinha do andar de baixo. Não resistiu.

— Que bom que desceu, Nícolas. Sente-se aqui. — Vó Belinha apontou para uma mesa próxima.

— Alice, traga a sopa do nosso hóspede.

Uma moça loura, esbelta, de cabelos longos, com um avental branco sobre o vestido simples, saiu da cozinha trazendo uma sopeira que depositou à frente de Nick. Ele olhou ligeiramente para ela, mas desviou o olhar para a cesta de pães sobre a mesa. Era muito parecida com Talita, e por um momento pensou que estivesse tendo alucinações.

— Espero que goste — ela disse timidamente, num tom baixo e suave.

— Obrigado.

Vó Belinha interveio.

— Vamos deixar que ele coma em paz. Venha Alice, vamos terminar o serviço na cozinha.

Nick observou que o salão estava quase vazio, a não ser por dois homens sentados numa mesa ao fundo, que o observavam. Estava faminto e devorou com prazer quatro pratos de sopa e todo o pão da cesta. Ao terminar, dirigiu-se a Vó Belinha, que voltava da cozinha.

— Senhora, aqui está um adiantamento. — Tirou algumas notas do bolso. — Amanhã conversaremos melhor, como a senhora sugeriu.

— Obrigado, Nícolas. Isto será suficiente para uma semana. Tenha uma boa noite, filho.

— Boa noite, senhora.

Alice havia voltado da cozinha, mas ele não olhou para ela.

Nick tirou as roupas e deitou-se. Estava saciado, e a cama era macia. No dia seguinte pensaria melhor sobre os últimos acontecimentos, agora o cansaço voltava. Fechou os olhos. O sono veio rápido, e com ele os sonhos e as lembranças...

— Vó, o que a senhora acha dele? — Alice terminara de levantar as últimas cadeiras, depois de fechar as portas.

— A mim parece um bom moço. Apesar do corpo de homem, não deve ter mais do que vinte anos. Mas traz com ele o sofrimento de toda uma vida!

— Não viu nenhum perigo nele, Vó?

— Não, não vi; e não me engano, filha.

— Ele evitou me olhar. Acho que não simpatizou comigo.

— Vamos dar tempo ao tempo. O rapaz acabou de chegar e está muito cansado. Agora vamos dormir que já é muito tarde, está bem?

— Boa noite, Vozinha.

— Durma bem, meu anjo.

Alice deitou-se e ficou pensando no estranho que chegara àquela casa; ele mexia com ela... Sentia um friozinho na barriga só em lembrar de sua voz, de seu jeito. Apesar das marcas no rosto, achara-o tão belo...

Alice era uma jovem muito bonita, de apenas dezoito anos; era muito meiga e calma e vestia-se com simplicidade; não usava pinturas e tinha sempre um sorriso pronto no rosto. Como toda garota sonhadora, agora tinha um motivo a mais para sonhar: o estranho que acabara de chegar.

Nick teve uma noite agitada, com sonhos confusos, nos quais havia muito sangue. Misturavam-se neles os rostos das pessoas que amava. Sandro empunhava uma metralhadora, e seu pai caía bêbado numa vala. Os acontecimentos iam se sucedendo enquanto ele descarregava caixas e mais caixas de frutas e não podia parar. Carmem o chamava, longe, muito longe: "Corra Nick, por favor, corra! Venha logo!". Ele tentava correr, mas suas pernas estavam pesadas como chumbo; não conseguia movê-las, por mais que tentasse. Ouvia a voz de Tio Inácio, que falava: "Meu filho. Meu filho. Nícolas. Nícolas". E chorava enquanto Tio Inácio o sacudia pelos ombros.

Então Nick gritou:

— Não me deixe! — Sentou-se na cama. Vó Belinha estava sentada a seu lado e o segurava pelos ombros.

— Nícolas, você está bem, meu filho?

As lágrimas corriam por seu rosto. Abraçou-a, soluçando:

— Eles se foram; estão todos mortos; todos da minha família, todos. Por que Deus fez isso comigo, por quê? O que fiz a Ele?

— Está tudo bem, meu filho. Foi só um pesadelo. Vou buscar um chá para você e então ficará tudo bem. Quando quiser, poderá me contar o que aconteceu e se sentirá melhor. — Dizendo isso, ela desceu.

Quando voltou com o chá, percebeu que ele estava mais calmo; lavara o rosto e voltara a ser o homem sério. Entregou o chá, que ele bebeu rapidamente, embora estivesse um pouco quente.

— Perdoe-me se a incomodei, senhora. E acho que esqueci de trancar a porta.

— Aqui somos uma família, Nícolas. Mas você tem a liberdade de trancar a porta quando quiser. Boa noite, querido. Durma bem.

— Boa noite, senhora.

Assim que ela saiu do quarto, Nick trancou a porta.

Algumas semanas se passaram, nas quais Nick raramente saía do quarto, a não ser para as refeições e quando lhe pediam licença para arrumar e arejar o ambiente.

Vó Belinha pensava em Nícolas. Já vivera muito e aprendera a conhecer as pessoas; além disso, era dotada de muita sensibilidade. Jamais se enganara. Sabia que ele estava sofrendo e passando por uma grande provação; sentiu pena, pois era muito jovem para enfrentar sozinho tamanho sofrimento. Ele estava criando uma barreira em torno de si, e ela precisava rompê-la para poder ajudá-lo. Conhecia perfeitamente esse estado de espírito e não deixaria Nícolas estragar sua vida. Ele estava com medo de amar e ser amado outra vez, pois não queria perder novamente o objeto de seu amor. Para alguém que nunca foi amado, o amor não faz falta, mas para aquele que amou um dia, viver sem amor é impossível. É como saber que o paraíso existe, saber onde fica, provar dele e no entanto saber que nunca mais poderá pôr seus pés lá. Nícolas agora pensava que Deus o abandonara e que o destino estava contra ele. Provaria o contrário.

Nick não falava com ninguém, embora muitos na cidade só falassem nele. Vó Belinha teve de dar um basta nas idas e vindas de curiosos de todo tipo, principalmente as mulheres, que queriam pôr os olhos no belo turista, conforme havia informado Dona Dirce, a dona da Miscelânia, que era também a fofoqueira-mor da cidade. Avisou a todos que o hóspede estava com uma forte gripe e recuperava-se de um acidente recente no qual perdera os pais. Assim, por alguns dias, todos deveriam deixá-lo em paz devido ao seu luto.

Vó Belinha era a única pessoa com quem Nick conversava e também a única a entrar em seu quarto. Com ela, deixava de ser o homem sério e tornava-se o menino desamparado e sem rumo. Contara a ela toda a sua história desde que se conhecia por gente, até o dia em que chegara à pensão; e, aos poucos, conseguiu aliviar o fardo que carregava sozinho havia semanas.

— Nícolas, você acha que se escondendo neste quarto vai resolver seus problemas? O mundo está lá fora, filho, esperando por você! Você é jovem, bonito, inteligente, a vida o espera. Não se enterre nesse quarto!

— Acha que alguma coisa me importa? De que adianta ser jovem, belo e tudo o mais se todas as pessoas da minha família estão mortas? Se atraí para elas tanta desgraça? Para que fazer novas amizades? Não vê que trago sofrimento para as pessoas?

— Está enganado, Nícolas. Não deve pôr o peso do mundo em suas costas e carregar consigo todos os pecados da humanidade. Em primeiro lugar, porque você não é culpado de nada, e em segundo porque o que está fazendo com você chama-se "autopiedade". Você está com pena de si mesmo, Nícolas. No fundo, não tem coragem para olhar a vida de frente e prefere se esconder atrás da idéia de que é um coitadinho. Você pensa mesmo, Nícolas, que é tão importante assim para que Deus, o mundo ou o destino, chame como quiser, se preocupe somente com você? Acha que o dia-a-dia das pessoas gira em torno de você? Acha que Deus infligiria a outras pessoas um castigo tão grande só para punir você? Você se acha tão importante assim, Nícolas? E depois você se esquece de que tem Tio Inácio e Carmem para recuperar seu amor, sua vontade de viver, sua família.

Nick estava pasmo. De repente, aquela velhinha querida e atenciosa jogava em sua cara perguntas que mais lhe pareciam socos desferidos com violência. Aonde ela queria chegar?

Vó Belinha viu seu olhar, mas não se intimidou.

— E as outras pessoas, Nícolas? E os problemas do mundo? Guerras acontecendo, pessoas morrendo de doenças terríveis para as quais o homem ainda não encontrou a cura, catástrofes da natureza, acidentes com centenas de mortes... Deus vai deixar tudo isso de lado porque precisa se ocupar em castigá-lo por algo que você não fez?

Nick continuava mudo.

— Eu já vi pessoas como você antes, Nícolas. Não conseguem erguer a cabeça e lutar pelo seu próprio destino, acham que tudo vai dar errado e só esperam desgraças, afastando assim aqueles que poderiam ajudá-las, sejam parentes, sejam amigos. Com o tempo, entregam-se à bebida, às drogas, à prostituição; passam a roubar e às vezes até a matar e dizem para si mesmas que foi Deus quem quis assim, que esse foi o destino traçado para elas. Essa é uma grande mentira, Nícolas, porque *nosso* destino somos *nós* mesmos que construímos.

As lágrimas corriam pelo rosto de Nick, e ele nada dizia.

— Você se culpa pela morte trágica de seus pais e de seu irmão, as pessoas que você mais amava, sofre e se odeia por isso. Você não percebe que é *a eles* que está fazendo sofrer? Se acredita realmente em Deus, Nícolas, então saiba que de alguma maneira, estejam eles onde estiverem, em outra vida ou em outra dimensão, esse seu comportamento só os fará sofrer, porque *eles* são a causa de seu sofrimento. Você deve libertá-los, Nícolas, deixá-los descansar em paz! As lembranças que lhe trazem devem servir de alimento, devem iluminar sua alma. Se você os ama, deve saber que, se pudessem se comunicar, pediriam para que fosse feliz, para que se alimentasse direito, cuidasse mais de você e acima de tudo procurasse viver. Isso, com certeza, lhes daria grande alegria.

Ele era incapaz de pronunciar uma palavra. Seus pensamentos embaralhavam-se, e ele não tinha certeza de nada.

Vó Belinha não lhe deu trégua.

— Contou-me seus segredos, Nícolas, agora vou contar-lhe o meu. Há quatro anos perdi meu marido, o câncer o levou. Era uma pessoa calma, alegre e bondosa. Seu maior prazer era cuidar do imenso jardim deste casarão; amava as plantas e conversava com elas; nosso jardim estava sempre muito florido. Quando a doença o pôs de cama, todas as manhãs eu abria as janelas do nosso quarto e mostrava-lhe o sol, ou a chuva, ou as nuvens... Depois descia e colhia algumas flores, colocava-as próximo ao seu rosto para que pudesse vê-las direito e sentir-lhes o perfume. Ele não podia falar, mas seus olhos sorriam para mim. Depois, sentava-me na cama e lhe mostrava fotos nossas de momentos felizes e fotos de Alice, nossa neta, que criamos como filha. Ele adorava esses momentos e as visitas de Alice, que, por causa da aula, só podia vir nos fins de semana. Nunca demonstrou medo ou dor. No entanto, sabia que ele sofria, só não demonstrava para não me preocupar. Numa manhã, quando levei as flores que tanto amava, seu olhar pousou em mim e uma lágrima desceu por seu rosto; estava se despedindo. Não havia tristeza em seu olhar, mas uma maneira de dizer que me amava e que sentiria minha falta. Então, ele se foi... e sofri muito. A pessoa que mais amava partira, e não pensei que pudesse existir tamanha dor. Porém, lembrei que me entregar seria negar tudo que ele me ensinara; seu amor pela vida, pelas pessoas, pelas flores... Levantei-me e, a partir daquele dia, iniciei um ritual; todas as manhãs desço ao jardim, converso com as plantas e digo que meu marido sente a falta delas e ainda as ama, que ficaria muito feliz em vê-las belas e floridas. Em silêncio, agradeço a Deus pelos anos que passei a seu lado, pelo amor que compartilhamos e por tudo o que aprendi com ele. Lembrá-lo é um bálsamo para minha alma e é a força que me sustenta. Sei que um dia vou reencontrá-lo em algum lugar, de alguma forma, e sei que sentirá orgulho de mim.

Quando Vó Belinha parou de falar, havia lágrimas em seus olhos. Olhou para Nick, observou seu semblante: tinha mudado. O medo que existia em seus olhos como uma tempestade dera lugar à paz, à bonança.

Ela se ergueu da cama e beijou-lhe a testa. Saiu sem nada dizer. Havia cutucado as feridas dele, que agora sangravam; era preciso deixar que as lambesse e fizesse sua própria cura.

Mostrara-lhe o caminho. Cabia a ele trilhá-lo.

8

NA MANHÃ SEGUINTE Vó Belinha levantou-se antes das sete horas e dirigiu-se ao jardim. Em sua prece silenciosa, tocava gentilmente as plantas enquanto caminhava. Percebeu que alguém a observava e olhou para trás. Nick estava em pé no meio do jardim. Ela abriu os braços, ele caminhou até ela e abraçou-a carinhosamente.

— Bom dia, Vó Belinha!

— Bom dia, Nícolas! Que bom vê-lo por aqui, parece disposto.

— Queria falar com a senhora.

— Fale, querido.

— Preciso conversar sobre o meu futuro. Gostaria de ficar aqui na pensão, mas preciso de um emprego. Tenho algum dinheiro comigo, e em troca da comida e da hospedagem quero lhe fazer uma proposta.

— E qual é?

— Gostaria de pintar o casarão por fora. É muito bonito, porém a tinta é muito velha. Também queria melhorar a iluminação externa e, se permitir, cuidar do jardim; Carmem me ensinou a gostar de plantas e a tratar delas.

— Acho que é um bom começo, Nícolas. Preciso ir ajudar Alice a preparar o café; mais tarde conversaremos sobre os detalhes. Quanto ao seu futuro, vou pensar no que podemos fazer. Está bem assim?

— Está, vó. Só tem mais uma coisa...
— E o que é?
— Pode me chamar de Nick.

Agarrara-se àquela idéia como se fosse sua tábua de salvação; iria se manter ocupado e não teria tempo para as lembranças. E ainda por cima, faria algo de bom por Vó Belinha. Precisaria aguardar um bom tempo até tentar entrar em contato com Tio Inácio e Carmem. Eles não tinham telefone, e as cartas poderiam ser interceptadas ou poderiam chamar a atenção. Nick não podia arriscar-se tanto, teria de manter seu paradeiro em segredo por enquanto, para proteger a si próprio e a eles. Depois, quando conseguisse contato, teria de se preocupar com Talita...

Naquele dia, ele e Vó Belinha sentaram-se para trocar idéias; Alice voltara do mercado e juntou-se a eles. Falaram sobre as cores a ser utilizadas no casarão e discutiram os detalhes. Estava concentrado e, embora não sorrisse, mostrava-se entusiasmado com seu projeto.

No dia seguinte Alice foi à pequena loja de material para construção e encomendou as tintas, que viriam de Santa Cruz dali a dois dias. Nick não perdeu tempo e preparou os andaimes, depois começou a lixar as paredes externas do casarão para tirar a tinta velha, que, em alguns lugares, já estava bem descascada. Levantava-se bem cedo e só parava para as refeições. Nos primeiros dias, seu corpo ficou bastante dolorido pelo ritmo forçado, mas logo se acostumou à volta ao trabalho.

Era verão, e os dias tornaram-se particularmente quentes; passou a trabalhar só de bermuda, o que não tardou a chamar a atenção das mulheres do local. Vó Belinha começou a receber visitas de senhoras e moças de todas as idades, com encomendas de doces, bolos, bordados, pinturas e outros pequenos trabalhos, nos quais ela e Alice eram especialistas. É claro que Vó Belinha e Alice tinham consciência de que essas idas e vindas eram apenas uma desculpa para darem uma olhada em Nick; não se importavam, pois o trabalho extra lhes trazia uma boa renda. Apesar da pensão que Vó Belinha recebia pelo falecimento de seu marido e da que Alice recebia pelo de sua mãe, qualquer renda a mais era bem-vinda. Além disso Nick fazia que nem as notava e nem sequer se dignava a responder a comentários do tipo "Que calor, hoje, não?!".

Com 1,93 metro de altura, músculos salientes e pele naturalmente bronzeada, além de um rosto muito bonito, Nick transformou-se na sensação do momento para as mulheres. Alguns homens tornaram-se desconfiados, porém não havia do que acusá-lo, já que ele nem sequer as cumprimentava. Até mesmo Alice, que de vez em quando levava um refresco ou um copo de água, ganhava somente um ligeiro "obrigado" e nada mais.

Com a dedicação de Nick, em poucos dias o casarão passou a ganhar vida, as cores começaram a surgir e a velha construção renasceu. Vó Belinha estava maravilhada! Nick não mudara as cores originais, porém usara tons mais fortes. Também trocou a iluminação, colocando lâmpadas mais potentes; quando terminou, Alice e Vó Belinha aplaudiram-no com alegria.

— Ficou do seu agrado, Vó?

— Eu adorei, meu filho. — Estava emocionada.

— Era tudo o que eu queria ouvir! — disse ele, abraçando-a.

No dia seguinte começou a cuidar do jardim: podou algumas árvores, adubou as plantas, roçou a grama; comprou alguns cabos de vassoura, cortou-os ao meio e pintou-os de branco, deixando um espaço numa das extremidades de aproximadamente sete centímetros, que pintou de vermelho. Usou esses pequenos cabos como apoio para algumas plantas e roseiras, fincando-os no solo com a ponta vermelha para cima. Em alguns lugares circundou as plantas com trilhas de pedras, fazendo pequenas ilhas. Para terminar, instalou algumas luminárias e pintou de branco um antigo banco de madeira no meio do jardim.

O resultado não poderia ser melhor, e Vó Belinha fez um gostoso bolo de frutas para comemorar. O jardim estava lindo, bem-cuidado e florido. Seu marido certamente estaria feliz.

9

NA SALA DO DELEGADO o calor estava insuportável. Era sexta-feira, e a semana fora particularmente terrível. Mais algumas horas e ele iria para casa tomar um banho, descansar e, graças a Deus, só voltaria para aquele inferno na segunda-feira.

Alguém bateu na porta.

— Entre.

— Boa tarde, chefe.

— Senta aí, comissário. Trouxe o relatório que eu pedi?

— Trouxe, chefe, tá prontinho — disse, mostrando-lhe uma pasta que trazia embaixo do braço, enquanto servia-se de um copo de água.

— Então, desembucha! O que descobriu?

— Tudo. É uma história bem interessante, mas, preciso avisá-lo, meu informante não aceitou a droga, pediu outro pagamento.

— Qual?

— Munição para AK-47 e AR-15.

— Ele está se tornando bem ousado! Eu nem sabia que eles já estavam usando esse tipo de arma. Você pagou?

— Claro, chefe. É o meio mais rápido e confiável que temos.

— Sei, sei. Conta de uma vez que quero encerrar logo este caso.

— Bem, foram quatro caras, e não eram ladrões, eram exterminadores; trabalham para o Clube e obedecem sem questionar. A família Vicente tem ficha limpa, são trabalhadores, honestos etc. etc. O acordo era eliminar um rapaz, mas não o tal de Jorge.

— Como assim?

— O Jorge estava no lugar errado, na hora errada. O alvo era um garotão de vinte anos que morava com a família havia algum tempo: Nícolas Menno, mais conhecido por Nick. A sorte do Jorge foi que os caras conheciam bem o Nick e perceberam a tempo que não era ele.

— Drogas?

— Sim e não.

— Explique-se, não tô com saco para enrolação.

— Nick nasceu no Buraco, porém sempre foi um menino direito; aos dez anos começou a trabalhar na Feira da Praça com o Sr. Inácio, e aos poucos foi adotado por ele e sua única filha, Carmem. O irmão mais velho de Nick, Sandro, é que estava no negócio de drogas. Ele entrou para o Clube, mas parece que andava fazendo um trabalho paralelo e acabou sendo dedurado por um cara do Buraco, um tal de Betão. Como é lei no Clube, traidor não tem perdão, e eles eliminaram o pai dele, a mãe e até o cachorro; faltava então o irmão. Pelo que descobri com os vizinhos do Sr. Inácio, Nick desconfiava que algo de ruim estava para lhe acontecer e pediu para ir embora. Partiu na tarde do sábado do assalto, e o tal de Jorge, que tinha ido jantar com eles, entrou de gaiato.

— E o que aconteceu com o Sandro?

— Você lembra do casal que foi encontrado nu na praia, naquela madrugada, crivado de balas?

— Não me diga que era ele!

— Exatamente, aquele que foi enterrado como indigente.

— E o Nick, onde está?

— Morando numa cidadezinha próxima ao litoral, bem ao norte.

— Podemos trazê-lo de volta?

— Seria fácil, chefe, mas não acho viável.

— Posso saber por quê?

— Porque se o trouxermos de volta eles vão apagá-lo. Nick é o alvo, no entanto não vale o esforço de irem atrás. Porém, se estiver mais perto, a história muda. Por outro lado, a vinda dele em nada mudaria o caso; oficialmente não sei o que sei, e ele já deve estar bastante apavorado onde está.

— Acredita que ele é inocente nessa história toda?

— Acredito!

O delegado enxugou o rosto suado com um lenço e depois esfregou-o, num gesto de cansaço.

— Ainda bem que ele havia se mandado, senão ia dar em morte, e o pessoal do bairro não ia mais me deixar em paz. Assim como está já não agüento de tanta aporrinhação, todos estão indignados com a ousadia dos assaltantes e com tamanha violência! Imagine só, eles chamam uma coronhada de violência, não sabem as ocorrências que enfrentamos todos os dias neste inferno.

— O que vamos fazer, chefe?

— Arquive o caso.

Já fazia dez meses que Nick chegara a Mirinápolis. Finalmente enchera-se de coragem e escrevera uma carta para Carmem. Graças a Deus, depois de uma espera de vinte dias, recebera a resposta, e esta chegara para acalmar seus temores; tudo estava bem com ela e Tio Inácio, e os bandidos nunca mais tinham voltado. Nas primeiras semanas após a noite do assalto, Carmem teve algumas vezes a sensação de estar sendo observada, porém nunca percebeu algo de concreto e, como nada mais ocorreu desde aquela noite, acabou por tranqüilizar-se; suas únicas preocupações diziam respeito a Nick, que finalmente dera notícias. Tio Inácio continuava na feira, e ela estava de namoro firme.

Nick agora sentia-se mais tranqüilo, e com o tempo acharia uma forma de saber notícias de Talita. Por enquanto era melhor cuidar de sua vida em Mirinápolis.

Depois da reforma externa no casarão de Vó Belinha, choveram pedidos de trabalho, pintura, jardinagem... Nick agendara os mais urgentes e deixara os outros para mais tarde. Evitava tratar esses assuntos com as mulheres, preferindo dirigir-se aos maridos, pais ou irmãos delas. Com moças e jovens senhoras, era bastante cauteloso, porém com os idosos e crianças de ambos os sexos era de uma gentileza sem igual.

Alice o observava; para um jovem como ele, aquele não era um comportamento normal, mas Vó Belinha explicara que aquela era a maneira que ele encontrara para se preservar, fugindo de um sentimento que julgava ter morrido dentro de si: o amor.

Nick estava sentado no banco do jardim, pensando em Talita. Alice encheu-se de coragem e aproximou-se.

— Posso me sentar?

— Se quiser...

— Nick, eu estava pensando, você já está aqui há vários meses e não sei se sabe muita coisa sobre o lugar. Esta é uma cidade pequena e não temos muitas atrações, mas na cidade vizinha há praias; conheço um caminho pelo qual dá para chegar lá de bicicleta em meia hora. Se quiser, pode pegar a bicicleta do vovô que está na garagem, às vezes saio com ela e a mantenho sempre lubrificada, como vovô fazia. Tenho a minha própria bicicleta, e poderíamos ir até lá. O que você acha? Gostaria de conhecer o lugar?

Era domingo e Nick estava de folga. Como estavam no outono e os dias eram frescos, com certeza a praia estaria praticamente deserta. Até que não era má idéia.

— Está bem, vamos até lá.

Alice não podia acreditar. Ele aceitara!

Pegaram as bicicletas e Alice foi na frente para mostrar o caminho. Apesar de aparentemente frágil, imprimiu um ritmo puxado e não parou nenhuma vez. Nick admirou-se, pois não imaginava que ela tivesse fôlego para tanto. Em menos de meia hora, depois de subirem e descerem pequenos morros, lá estava ele todo imponente: o mar.

O local onde saíram ficava um pouco no alto e era formado por pedras, por isso a cidade era chamada de Pedra Alta. Mais abaixo, a areia, e depois o mar. Era uma visão muito bonita, que sempre traria paz ao coração de Nick. Lembrou-se de Carmem, que lhe mostrara o mar pela primeira vez; olhando para o oceano, dissera-lhe: "Respeite-o, Nick, nunca o desafie, e ele será sempre seu amigo". Ela o alertava, pois Nick não sabia nadar.

Sentou-se na pedra e ficou durante um longo tempo com o olhar perdido, até que Alice quebrou o silêncio.

— Gosto de vir aqui fora do verão, pois à exceção de alguns pescadores, a praia fica vazia, sem a agitação dos turistas. No verão, as praias ficam muito sujas, há sempre frascos de bronzeadores, latas de cerveja e refrigerante, garrafinhas de água, sabugos de milho, papel de picolé... tudo jogado na areia. As pessoas não respeitam a praia. Quando elas vão embora, os pescadores recolhem tudo e ela volta a ser nossa; é assim que gosto dela, limpa e só nossa. Não gosto muito do movimento dos turistas; eles vêm para cá passar as férias por causa do mar e porque aqui é um lugar calmo, gostam de ficar longe do agito das cidades grandes, porém não têm o cuidado de manter o lugar como ele é, limpo, tranquilo... Se procuram algo que não encontram, dizem: "Mas isso aqui é o fim do mundo, não se encontra nada". Engraçado, se querem encontrar de tudo por que não ficam na cidade deles, por que não voltam para o lugar de onde vieram, cheio de poluição e barulho?

Alice falava com ardor, revelando seu amor pela terra em que vivia. Nick nunca a ouvira falar assim, ela era sempre muito calma e só dava sua opinião quando as pessoas pediam.

Ventava um pouco e, apesar de estarem agasalhados, ela abraçou as pernas e encostou o rosto nos joelhos. Olhava para o mar, e seus cabelos soltos ao vento levavam até ele um perfume doce e suave. Observou seus olhos e viu que eram verdes como o mar.

Alice percebeu que estava sendo observada, mas não ousou mover-se para não assustá-lo, buscando prolongar o máximo possível aquele momento. Então ele levantou-se de um salto e falou:

— Hora de voltarmos. — Pegou a bicicleta e tomou o caminho de volta.

Alice estava feliz. Conseguira um grande avanço.

A jovem andava inquieta; seu coração disparava cada vez que se aproximava de Nick, e ela não conseguia deixar de pensar nele o dia todo. Depois da ida à praia, achava que as coisas se tornariam mais fáceis e que logo conquistaria o coração dele, porém nada disso acontecera, já fazia quatro meses, e desde então não conseguira mais conversar com ele a sós.

Ela lembrou-se de um dia em que perguntara a Vó Belinha como saberia quando estivesse apaixonada. E Vó Belinha respondera:

— Quando você se apaixonar, simplesmente saberá; seu coração lhe dirá. Estar apaixonada é uma fase linda, em que vivemos no mundo da lua, em que tudo parece mais belo e a vida mais colorida. Nem eu nem ninguém precisará lhe avisar quando essa hora chegar. Você saberá!

Sim, Alice sabia. Não havia dúvidas, estava apaixonada. Ansiava pela atenção de Nick; quem dera ele sorrisse para ela, quem dera ela pudesse ganhar sua confiança.

Sentia que um novo mundo tinha se descortinado quando Nick entrara naquela casa. Desde que seu avô falecera, sentia-se só; é claro, tinha Vó Belinha a quem amava acima de tudo, mas não conhecera seu pai, portanto o único homem que a amara, protegera, velara por ela fora seu avô. Era tão bom ter alguém mais forte e seguro em quem pudesse se amparar... Nunca deixaria de amar seu avô, no entanto ele já não estava ali, e seria muito bom se pudesse dedicar esse amor a outra pessoa...

O inverno chegara, e com ele os dias de chuva e muito frio. Naquela tarde Nick ficou em casa e ajudou Vó Belinha a resolver pequenos problemas domésticos.

Alice estava sentada no salão e tinha no colo um garotinho de aproximadamente três anos, neto do prefeito, que a mãe deixara com Alice enquanto fazia compras em Santa Cruz. Nick pensou consigo mesmo que aquele era um péssimo dia para fazer compras. Alice tinha nas mãos um gibi da Turma da Mônica e dizia ao menino:

— Veja, Felipe, este garotinho de camisa verde é o Cebolinha. Repita: Ce-bo-li-nha.

Muito concentrado, o garoto repetia:

— Ce-bo-i-nha.

— Não, não está certo. Tente de novo: Ce-bo-li-nha.

E com grande esforço o menino repetia:

— Ce-bo-i-nha.

— Está bem, vamos tentar outro. Veja, esta menina simpática é a Mônica, é a amiguinha do Cebolinha. Vamos repetir? Mô-ni-ca.

— Mon-ki-na.

— Vejamos outro. Olha, isto é um ônibus, igual àquele que sai todas as manhãs para levar as pessoas para Santa Cruz. Vamos tentar este? Repita: ô-ni-bus.

— Ôn-bi-nus.

Alice ouviu então uma sonora gargalhada, a gargalhada mais gostosa e inesquecível de sua vida. Nick a observava da cozinha, através da janela na parede que dava para o salão, e ria de maneira escancarada, mostrando seus dentes alvos. Era a primeira vez que Alice o via sorrir.

Felipe, achando que fizera algo excepcional, batia palmas alegremente.

Ao perceber que ela o observava, Nick parou de sorrir e voltou ao trabalho. Mais tarde, durante o banho, lembraria do fato e se daria conta de quanto tempo fazia que não sorria.

Aos poucos o muro que construíra em torno de si começava a ruir.

Num final de tarde, Nick e Vó Belinha conversavam sentados na varanda do casarão.

— Vó Belinha, o que aconteceu com os pais de Alice? Por que vocês a criaram?

— Esta é uma longa história, Nick. Eu e meu marido tivemos uma única filha: Elisabeth. Quando ela terminou o primeiro grau, nós a levamos para Santa Cruz, pois aqui em Mirinápolis e nos municípios vizinhos não há escolas de segundo grau. Tinha então quinze anos, era uma moça belíssima, mais bela até do que Alice. Nós alugamos um quarto num albergue para estudantes e, nos finais de semana, ela vinha para casa.

Tudo correu muito bem nos primeiros dois anos. No terceiro, Elisabeth já estava com 17 anos, no auge de sua beleza; foi eleita rainha do colégio, e havia muitos rapazes interessados nela. Procurava orientá-la quanto a isso, mas as visitas dela a Mirinápolis tornaram-se escassas, pois sempre havia trabalhos de aula para fazer, provas para estudar, trabalhos em grupo etc. que a impediam de vir. Quando percebemos, já havíamos perdido o controle sobre ela.

Um dia fui a Santa Cruz sem avisar, no meio da semana. Ela não estava no albergue. Conversei então com uma amiga do albergue, a Cíntia; por meio dela soube que Elisabeth dera para faltar às aulas, saía muito à noite e andava na companhia de um rapaz muito rico da cidade. Cíntia me disse que ele era um *playboy* que vivia à custa do pai e que saía com várias moças, embora Elisabeth acreditasse que ele estivesse apaixonado por ela. Esperei por minha filha, e quando ela chegou já era madrugada. Tivemos uma longa conversa, e só então percebi o quanto ela mudara, o quanto estava distante de mim.

Elisabeth me disse que Roberto era um bom rapaz, filho de boa família e que estava perdidamente apaixonado por ela. Prometera levá-la para a capital quando concluísse o segundo grau, a tornaria famosa e, é claro, casaria com ela.

Senti naquele momento que perdera minha filha para sempre. Não precisava ouvi-la para saber que aquele tal de Roberto não passava de um cafajeste e sabia que jamais conseguiria convencê-la disso. E tentar dizer-lhe isso só iria afastá-la ainda mais de mim.

O golpe maior veio quando a observei mais atentamente, como só uma mulher sabe fazer, e percebi que realmente havia muitas mudanças, inclusive em seu corpo.

Olhei para ela e, com um nó na garganta, falei:

— Minha filha, você está grávida!

Olhou-me assombrada, ficou pálida e em silêncio por alguns instantes. Depois, com extrema firmeza, disse:

— Não se preocupe, mamãe, não vou envergonhá-la. Não sei como descobriu, mas ninguém mais sabe, além de Roberto, é claro. Ele me explicou que, se eu tiver um filho agora, vou deformar meu corpo e destruir meu futuro, por isso já decidimos: iremos a uma clínica muito boa e farei um aborto; ninguém ficará sabendo, e no fim do ano ele me levará para a capital. Quando for rica e famosa, mando buscar você e papai para morar comigo...

Ela falava calmamente e com uma frieza espantosa.

Não podia acreditar, aquela não podia ser a filha que havíamos criado e educado com tanto amor. Ela não podia estar falando com tanta frieza sobre a vida do próprio filho!

Com esforço, recuperei-me do choque e, com toda firmeza de que fui capaz, disse-lhe:

— Você não fará nada disso! Amanhã mesmo eu e seu pai nos mudaremos para Santa Cruz, alugaremos uma casa e você irá morar conosco. Você ainda é minha filha e tem apenas 17 anos, não tem idade suficiente para decidir sobre seu futuro e muito menos sobre a vida de outra pessoa. Você terá essa criança, sim, senhora, e me encarregarei dela. Depois disso você já terá dezoito anos e poderá decidir sobre seu futuro; se ainda quiser ir atrás desse tal de Roberto, poderá fazê-lo, mas irá de consciência limpa, sem um assassinato nas costas. Se o homem que diz que a ama é capaz disso, então realmente desconheço o amor...

E foi o que fizemos. Nós nos mudamos para Santa Cruz e ficamos com Elisabeth. Durante os meses que se seguiram, o tal Roberto sumiu da vida dela. É claro que ela achava que fosse culpa nossa e não conseguia enxergar a verdade, que ele se desinteressara por causa da gravidez. Fizemos com que se dedicasse ao máximo para terminar os estudos.

Quando finalmente Alice nasceu, Elisabeth não quis saber dela, nem quis amamentá-la para não deformar os seios. Procurou por Roberto e voltou a sair com ele, contra nossa vontade. Quando dissemos que voltaríamos para Mirinápolis e que ela deveria voltar conosco, Elisabeth se recusou.

Naquela semana Elisabeth saiu com Roberto e a turma deles. Voltaram de madrugada, e no caminho começaram a fazer pega na estrada; estavam em alta velocidade quando Roberto conseguiu ultrapassar o carro da frente em uma curva. No sentido contrário vinha um caminhão... Minha filha e ele morreram na hora.

Nick ouvia em silêncio. Havia lágrimas no rosto de Vó Belinha, e ele sabia o quanto devia estar sofrendo.

— Não precisa continuar, Vó, não quero fazê-la sofrer.

— Não se preocupe, querido, a mim fará bem. Você é a única pessoa, além de meu falecido marido, que sabe a verdade. Nós criamos Alice com todo amor e carinho, e para os outros dissemos que Elisabeth e Roberto tinham morrido durante uma viagem em que faziam os preparativos para o casamento. Nem mesmo Alice sabe a verdade, nunca tive coragem de contar-lhe; é uma menina meiga e bondosa, não merece esse sofrimento. Para ela, os pais se amavam e sempre a amaram; a morte deles foi uma fatalidade, e ela deve se lembrar deles sempre com muito amor. A única coisa que sempre me cobrou foi o fato de não ter uma foto dele para lhe mostrar.

— E nunca quis conhecer os outros avós, os pais de Roberto?

— Não, nunca me cobrou isso. No fundo, acredito que Alice saiba de alguma forma que não a queriam. Afinal, em todos esses anos nunca a procuraram, o que já é uma prova de falta de amor. Por isso, talvez, prefira não saber da existência deles, quem são, onde moram... seria mexer nas feridas e sofrer ainda mais...

— É uma história muito triste, Vó Belinha. Sinto muito, sinto mesmo!

— Obrigada, Nick, isso só mostra como a vida de vocês é parecida. Você e Alice perderam os pais, você perdeu seu irmão, e ela perdeu o avô que amava muito.

— É verdade, Vozinha!

Três anos haviam se passado desde aquela noite em que Nick chegara a Mirinápolis. Já não tinha medo do passado, e na última carta que escrevera a Carmem eles ficaram de marcar uma data para que Tio Inácio, Jorge e ela fossem a Mirinápolis conhecer a cidade e as pessoas que o haviam acolhido e a quem Nick aprendera a amar.

— Nick, precisamos conversar! — Vó Belinha estava séria.

— Aconteceu alguma coisa, Vó?

— Ainda não, mas vai acontecer e preciso da sua ajuda. Já estamos em agosto e no mês que vem Alice fará 21 anos, é uma data muito importante e quero lhe fazer uma homenagem. Ela é o que tenho de mais importante na vida, por isso tem de ser algo especial.

— É mesmo, Alice fará aniversário em setembro. Dia doze, não é?

— É sim, e embora você tenha sempre se recusado a comemorar seu aniversário e tenha tentado nos esconder a data, sabemos que você também é de setembro.

— Sou sim, farei 24 anos no dia quinze.

— Mas que ótima notícia! Então temos mais um motivo para festa.

— O que a senhora pensa em fazer?

— Penso num baile. Convidaremos os amigos e algumas pessoas mais chegadas, além das autoridades locais, é claro. Alugaremos o salão da igreja e faremos um grande bolo de morango. Além disso, se você quiser, poderá convidar Tio Inácio e Carmem para vir também, assim todos nós poderemos nos conhecer. O que acha?

— Quanto à idéia de convidar Tio Inácio e Carmem, acho ótimo, mas quanto à festa, não sei, não entendo nada de festas.

— Pois eu entendo e sei que ela vai adorar. Você sabe dançar, Nick?

— Não, claro que não!

— Então vamos contar para Alice, e vocês dois ensaiarão para dançar juntos. Você é o homem da família e fará o papel do pai e do padrinho, conduzindo-a no salão.

— Mas isso é loucura, não vou aprender a dançar!

— Faça isso por mim, sim, Nick? Por favor! — Ela o abraçou carinhosamente.

O mês de agosto foi uma loucura. Em troca do empréstimo do salão paroquial, Nick teve de fazer algumas pequenas reformas na casa do padre Pedro e trocar algumas lâmpadas da igreja, além de lubrificar o sino. Fora os demais serviços que já havia combinado com outras pessoas, tinha de receber aulas de dança de Alice todas as noites, e isso era pior do que tortura. Não conseguia se concentrar direito; segurando uma das mãos de Alice e com a outra na cintura dela, não conseguia decorar os passos de forma alguma.

Alice usava sandálias de salto alto, para se acostumar. Dessa forma conseguia quase alcançá-lo na altura. Quando pediu que ele dançasse com o rosto colado ao dela, Nick quase desmaiou, estava tenso e procurava manter-se a uma certa distância. Ela então lhe sussurrou ao ouvido com voz suave:

— Você está curvado, Nick. Mantenha-se ereto e encoste seu peito no meu, não precisa ter medo de mim, não mordo.

Ele obedeceu e, ao som de uma música lenta, começou a relaxar. No entanto, tinha a sensação de que seus corpos se moldavam e, sem perceber, estreitou-a mais nos braços. Aspirava o perfume de seus cabelos e podia sentir seus seios firmes roçando-lhe o peito. Sentia o sangue pulsar loucamente por todo o corpo e o desejo aumentar... "Ela é tão bela, tão frágil, tão pura..." Seu desejo era tão forte que causava dor. Instintivamente, sua boca começou a deslizar pelo rosto de Alice, buscando os lábios dela. Quando já estavam quase se tocando, deteve-se e afastou Alice de si. Com voz rouca, disse asperamente:

— Chega de aula por hoje. — E subiu a passos largos para seu quarto.

"Que loucura, meu Deus, quase a beijei. Não posso trair assim a confiança de Vó Belinha, ela nunca me perdoaria. E Talita? Já quase não penso mais nela... isso não é certo, simplesmente a abandonei."

Nick quase não dormiu direito naquela noite, pensou muito em Talita; quando deixou a cidade às pressas, Talita tinha então pouco mais de quinze anos, era ainda uma menina. Não chegaram a ser namorados, mas trocaram alguns beijos, e ele sempre prometera protegê-la. Tinha esperanças de um dia ter uma vida mais digna e então lhe propor casamento. Porém, tudo mudara drasticamente. Hoje em sua vida havia Alice, uma moça muito parecida fisicamente com Talita. Porém, havia algo de especial em Alice. Ela emanava uma ternura e uma delicadeza tão naturais e tinha algo de tão belo que ele não sabia definir direito. Não queria admitir, mas estava se apaixonando por Alice; sentia-se culpado por isso, era como se estivesse traindo Talita, sem ter esse direito. Ia esperar por Carmem, ela com certeza saberia ajudá-lo a se entender com seus sentimentos. Enquanto isso, tentaria ficar com as mãos longe de Alice.

* * *

No salão, Alice ainda estava parada na mesma posição que ele a deixara. A música já cessara de tocar, mas ela relutava em abrir os olhos. Nick a apertara nos braços, aspirara seu perfume e a acariciara com delicadeza sem perceber... Ele a desejara, tinha certeza, notara isso no volume da calça contra o seu ventre. Por um instante, pensou que ele a beijaria. Ela fechara os olhos, pedindo silenciosamente que aquele momento se eternizasse e, de repente, ele se fora. Medo? Talvez, mas Deus haveria de lhe dar outra chance. Por hora, já tinha o bastante para sonhar...

Nas noites que se seguiram, Nick continuou as aulas de dança, mas recusou as músicas lentas, alegando que já aprendera o bastante e preferia aprimorar-se nas outras, insistindo ainda para que Vó Belinha assistisse aos ensaios e o corrigisse em seus erros.

Alice, embora decepcionada, procurava não demonstrar.

No dia anterior ao baile, Nick estava ansioso e com razão: em algumas horas, Carmem, Tio Inácio e Jorge chegariam a Mirinápolis. Foi à Miscelânea aguardar a chegada do ônibus, enquanto Vó Belinha e Alice ficaram na pensão preparando o café para recebê-los.

Quando o ônibus finalmente contornou a praça, sentiu o coração disparar. Três anos haviam se passado, e finalmente poderia abraçá-los mais uma vez. Carmem foi a primeira a descer, e ela e Nick ampararam Tio Inácio. Os três apertaram-se num grande abraço e deixaram as lágrimas rolar. Permaneceram assim por alguns minutos, e nem Jorge nem o motorista ousaram interromper. Quando finalmente se separaram, Nick puxou Jorge e deu-lhe um forte abraço, dizendo:

— Obrigado por cuidar deles para mim.

Os quatro seguiram para a pensão conversando alegremente, e Nick ia sendo saudado por todos que passavam pela rua ou que se encontravam nas janelas, como era o costume no horário da chegada do ônibus.

Vó Belinha e Alice os aguardavam na entrada da pensão e os receberam com muito carinho. Após as apresentações, tomaram um gostoso café e subiram para tomar um banho e se instalar em seus quartos. Nick não cabia em si de tanta felicidade. Vó Belinha e Alice nunca o tinham visto tão animado, seu rosto irradiava uma alegria tão intensa que contagiava a todos, e Alice tinha de fazer um enorme esforço para não se jogar em seus braços e cobri-lo de beijos, dizendo que estava muito feliz por ele.

No dia seguinte, pela manhã, Nick procurou Carmem e conversou longamente com ela sobre sua relação com Alice e o sentimento de culpa que tinha em relação a Talita.

Carmem tranqüilizou-o, fazendo-lhe ver que nada devia a Talita e que ela tinha de ir buscar seu próprio destino. Não fora opção de Nick partir, e além do mais ele jamais poderia voltar ao Buraco, deveria esquecer aquela vida e deixar seu coração livre para decidir seu próprio destino. Além do mais, Alice era uma moça linda, e tanto Carmem quanto Tio Inácio haviam se afeiçoado a ela.

Nick suspirara aliviado, sentia-se menos culpado.

O dia do baile finalmente chegou, e toda a sociedade da pequena cidade de Mirinápolis estava presente.

Nick trabalhara o dia todo na organização e decoração do salão da igreja, e Vó Belinha fizera o grande bolo de morango.

À tarde Alice foi a Santa Cruz com Carmem buscar os vestidos dela e de Vó Belinha e o terno de Nick, que haviam encomendado no alfaiate.

Nick mirou-se no espelho: parecia um homem rico, desses que se vê nas revistas. Estava bonito, bem barbeado e o terno caía-lhe bem. Por um momento lembrou-se do garoto pobre e sujo que fora, mas afastou esses pensamentos da mente. Devia a Tio Inácio e a Carmem o fato de ter se transformado num homem de verdade. Fechou a porta do quarto e desceu.

Vó Belinha estava no andar de baixo, aguardando-o. Usando seu vestido novo, que combinava com sua pele e lhe dava um ar mais jovem, estava muito chique e elegante; seus olhos brilhavam de alegria.

— Se eu fosse jovem, daria em cima de você a noite toda, até conseguir que você me beijasse — disse em alto e bom som, deixando Nick um pouco encabulado com a ousadia.

— Se isso foi um elogio, agradeço — respondeu sorrindo e beijando-a no rosto. — Onde está Alice?

— Está descendo — respondeu ela apontando na direção da escada.

Com um vestido verde que realçava a cor de seus olhos, os cabelos presos caindo em cachos até os ombros, o rosto suavemente maquiado, Alice vinha descendo as escadas. O vestido, um pouco acima do joelho, deixava à mostra parte de suas pernas bem-torneadas, e as sandálias de salto alto completavam o traje.

Ela estava perfeita! A mais bela visão que já tivera.

Nick teve vontade de subir as escadas correndo e tomá-la nos braços, mas controlou-se e aguardou até que ela descesse.

Alice o olhava enquanto descia calmamente os degraus da grande escada. Ele estava lindo, o terno caíra-lhe como uma luva, e sentiu-se orgulhosa. Teriam a noite toda para dançar, e o faria perceber o quanto gostava dele. Notara seu olhar ao avistá-la na escada e não se decepcionou, havia admiração e desejo nele. Ele a queria, e isso era tudo o que importava. Não precisava de um baile, nem de bolos, nem de pessoas à sua volta, só queria que ele a tomasse nos braços, que a beijasse, dissesse que a desejava como mulher e que não conseguiria viver sem ela... e o resto do mundo não importava. Esse fora o único presente que pedira a Deus naquela noite; quem sabe Ele a escutasse...

Alice passara a noite inteira pensando em Nick e em quanto o desejava. Naquela noite, no salão, ele quase a beijara... E se tivesse acontecido? E se ele não tivesse parado, será que a teria levado para seu quarto e feito amor com ela? E como seria fazer amor?

Alice lembrou-se de Rita, sua amiga na escola. Quando ela tinha apenas quinze anos, Rita já tinha dezessete e teve sua primeira transa. Alice foi a primeira pessoa a saber:

— Foi como você esperava, Rita?

— Não, foi uma decepção, saiu tudo errado...

— Como assim? Você disse que tinha certeza de que ele a amava e de que você também o amava. O que pode ter dado errado?

— Sim, é verdade, ele me ama, e eu também pensava que o amasse. A gente pegou um cinema, depois tomamos umas cervejas e ele me convidou para dar umas voltas de carro. Quando percebi, estávamos indo para um motel. Não me importei, porque também estava a fim, já vinha me preparando para isso havia algum tempo. Quando chegamos lá, tirou a roupa e foi tomar um banho. Fiquei toda nervosa lá no quarto, quando ele saiu nu e molhado e começou a se secar. Entrei no banheiro e só então tirei a roupa.

— E daí, o que aconteceu?

— Daí, estava muito nervosa e demorei um pouco. Quando saí, ele já tinha tomado duas cervejas e estava me esperando na cama. Ai, Alice! Não foi nada como sonhei, não foi romântico!

— Conta o resto, anda. O que aconteceu?

— Ele mandou eu me deitar do lado dele e veio para cima de mim tentando me penetrar; disse-lhe que doía e que achava melhor parar. Ele foi ríspido e disse que eu não devia ter ido até lá se não estava a fim de dar. Fiquei com medo de decepcioná-lo e, então, deixei que continuasse...

— E o que você sentiu?

— Doeu pra caramba! Foi só isso que senti: dor. E ele não parou enquanto não chegou ao orgasmo. Aí, fiquei ali com cara de sonsa, sem saber o que fazer e ainda por cima com dor. Senti uma meleca escorrendo da minha vagina e corri para o banheiro. Peguei o sabonete e me lavei bem para limpar tudo. Foi a maior besteira que fiz...

— Como assim? É errado tomar banho?

— Não, errado é esfregar sabonete quando você acabou de perder a virgindade, é o mesmo que passar álcool em cima de ferimento, queima, arde pra caramba! E nunca ninguém me avisou isso. Fiquei lá com a xoxota ardendo, peguei um folheto do motel e fiquei abanando para aliviar a dor, enquanto ele estava lá, na cama, dormindo numa boa...

— Puxa, Rita! Que decepção! Será que todos os homens são assim?

— O que me pergunto é cadê aquele prazer todo que a gente vê nas revistas. A mulherada gemendo de prazer e pedindo mais, mais... isso é só enganação?

— Não, claro que não! Você já viu como as garotas do terceiro ano se vangloriam por aí? Todo mundo fala que é gostoso. Deve ser porque foi a primeira vez, só isso.

— Tomara que você tenha razão...

Alice lembrava-se da amiga e se perguntava: como será fazer amor com Nick? Ele será carinhoso com ela? Já não tinha dúvidas: ela o queria muito. Se Nick lhe pedisse para fazer amor, ela faria, mas ao menos uma coisa já sabia: não iria lavar-se com sabonete na primeira vez.

Apesar de o salão da igreja ficar bem próximo ao casarão de Vó Belinha, Nick fez questão de levar as mulheres no velho Corcel II que pertencera ao falecido avô de Alice, enquanto Tio Inácio e Jorge foram um pouco mais cedo, caminhando.

Quando chegaram, o salão estava repleto de convidados, todos muito chiques, conversando animadamente. As mesas estavam decoradas com pequenos arranjos de flores, e as cadeiras cobertas com encosto e capas brancas, para não sujarem nem danificarem os caros trajes. Na entrada do salão, do lado direito, via-se uma mesa lindamente decorada, coberta com guloseimas e um enorme bolo de morangos. Havia alguns garçons e uma pequena banda, que alegraria o baile. Vó Belinha contratara até um fotógrafo, tudo vindo de Santa Cruz, com a ajuda da filha do prefeito, que adorava festas. Até o padre Pedro estava de terno.

Ao entrarem no salão, todos pararam de conversar e viraram-se para eles. Os olhares iam de Alice para Nick, que a trazia pelo braço, seguidos por Vó Belinha, toda orgulhosa; Carmem, Tio Inácio e Jorge já haviam se acomodado na mesa. A beleza de Alice despertou olhares masculinos, e algumas mulheres não disfarçaram o olhar de cobiça lançado para Nick.

Vó Belinha abriu oficialmente o baile, agradecendo a todos pela presença e falando de seu amor por Alice e por Nick, afinal a festa era para os dois. Pediu que todos se divertissem, pois aquele era um dia de alegrias. A banda começou a tocar, e as pessoas foram para a pista de dança; Nick dançou algumas músicas com Alice, porém alguns homens começaram a solicitá-la e, automaticamente, algumas mulheres aproveitaram para dançar com ele.

Uma bela ruiva, que Nick não conhecia, usando um insinuante vestido colado ao corpo, não perdeu tempo: tomou-o pela mão e, com naturalidade, conduziu-o à pista de dança.

— Acho que você ainda não me conhece — disse, olhando-o diretamente nos olhos.

— Não, senhora, não a conheço.

— Meu nome é Dana, sou esposa do senador Cartelli. Temos um sítio no lado oeste da cidade. Dificilmente venho a este pequeno centro, mas, com um convite tão raro para um baile, não perdi a oportunidade. O sítio me entedia.

Dançavam bem juntos, e ela não tirava os olhos dele.

— Se não gosta do lugar, por que tem um sítio aqui?

— Ora, isso é coisa do meu velho marido. Quando ele morrer, comprarei um belo apartamento em uma praia paradisíaca e nunca mais porei os pés aqui, mas enquanto isso... Temos alguns consertos que se fazem necessários no sítio. — Ela o olhava maliciosamente.

— Vocês não têm empregados?

— Claro que sim, porém nenhum com a competência que dizem que você tem... Pago muito bem.

— Sinto muito, mas tenho muitos serviços contratados até o final do ano e não terei tempo para pegar mais nenhum. — Estava se irritando com aquela conversa e com o jeito que ela o olhava.

— Você não deveria perder uma chance como essa, querido. Para mudar de vida e chegar aonde queremos é preciso ter ousadia e não perder as oportunidades...

— Seu marido não se importa de que dance com outros homens?

Ela soltou uma gargalhada que chamou atenção de algumas pessoas.

— Meu marido? Você já olhou para ele? É um velho gagá, tem 75 anos e mal consegue cuidar de si mesmo; ele não ia querer ver sua doce esposinha triste pelos cantos da casa por não poder fazer as coisas de que gosta, como, por exemplo, dançar...

Nick percebera que a música terminara, mas, antes que pudesse se separar, outra música começou a tocar e Dana segurou-o com firmeza para que não se afastasse.

Procurou Alice com o olhar e percebeu que ela dançava com um jovem bonito, de vinte e poucos anos, que, ao que parecia, estava encantado. Sorria alegremente, como se estivesse feliz em seus braços.

— Por que uma jovem como você se casou com um homem tão velho?

— Ora, não se faça de ingênuo, Nick. Gosto da boa vida, das belas coisas, das roupas caras, do luxo; gosto dos prazeres da vida e sei onde encontrá-los. Não sou uma menininha boba e inexperiente, que não saberia dar prazer a um homem na cama. Nisso eu sou uma *expert*, meu caro.

Nick estava ficando impaciente e enojado com aquela conversa. Precisava fugir dela e procurar Alice.

— Perdoe-me, mas preciso deixá-la, entenda... necessidades físicas — disse, levando-a para a beirada da pista e dirigindo-se à mesa onde se encontrava o marido, para devolvê-la a ele. Ela o olhou com um sorriso malicioso, que indicava ter entendido que as necessidades físicas diziam respeito ao desejo que despertara nele.

Nick suspirou aliviado ao entregá-la ao marido, que o olhou de forma patética. Dirigiu-se para o salão em busca de Alice e encontrou-a bem na hora em que a música terminara e já começava outra. Um rapaz dirigia-se a ela quando Nick se impôs:

— Cheguei primeiro, amigo! — Tomou-a nos braços. — Está gostando do baile?

— Estou adorando! Foi uma bela surpresa toda essa decoração, ficou linda!

— Você merece. Parece que está se divertindo muito, não é? — Parecia mais uma cobrança do que uma pergunta.

— Bom, não era eu que estava soltando gargalhadas até há pouco; acho que a *viúva-negra* é quem estava se divertindo.

— Dana? Porque você a chamou de viúva-negra?

— São os rapazes que trabalham no sítio deles que deram esse apelido. Dizem que já matou três maridos e que esse aí não dura muito; só se casa com homens muito velhos e ricos, em poucos anos eles morrem e ela fica com uma boa herança.

— Mas ela é muito jovem!

— Nem tanto, Nick, deve ter no mínimo uns 38 anos. Mas, como não faz nada além de se cuidar, usar bons cremes, perfumes caros, alimentação saudável e curtir a vida, tem esse corpo e rosto bonitos que enganam a idade.

— Convidou-me para trabalhar no sítio — disse observando atentamente seus olhos. Ela se tornou tensa, e um um ar de decepção surgiu em seu rosto.

— Você aceitou? — A voz tremeu um pouco.

— Acha que devo aceitar?

— Não sei, muitos rapazes da cidade já trabalharam lá e contam muitas coisas. Dizem que ela paga bem e é... muito fogosa. — Baixara o olhar e ficara ruborizada ao dizer as últimas palavras.

Nick delicadamente ergueu seu queixo para que ela o olhasse nos olhos.

— Eu não aceitei — falou de forma carinhosa. E uma corrente elétrica percorreu todo o corpo dela.

"Queria tanto que ele me beijasse..."

A melodia terminara e a banda começou a tocar uma música lenta. Nick largou-a rapidamente e disse apressado que precisava ir ao banheiro. Não queria magoá-la, mas não poderia dançar com ela daquele jeito; já estava muito excitado, e colar seu rosto ao dela, sentindo seu perfume, o contato de seu corpo, era demais; sabia que não resistiria e a beijaria ali, na frente de todos. Lavou o rosto com água fria e tentou não pensar nisso; voltou para o salão e, procurando-a com o olhar, viu-a na pista dançando com o cara bonitinho de novo. Não pareceu muito satisfeita quando o rapaz colou seu rosto ao dela e as mãos dele se moveram por suas costas como se as acariciassem. Nick teve vontade de esmurrá-lo. Finalmente a música acabou, os músicos pararam para descansar um pouco e Nick aproveitou para conversar com o vocalista da banda. Pediu-lhe gentilmente que não tocassem mais músicas lentas, pois queria que aquela fosse uma noite bem alegre. Atenderam seu pedido.

Quando o baile terminou, já era madrugada. Todos se divertiram muito, e até Vó Belinha dançou bastante; Carmem e Jorge eram o típico casal de enamorados, e Tio Inácio, que não sabia dançar, apreciou o baile alegremente enquanto conversava com outros senhores da sua faixa de idade. Alice já estava ficando com os pés inchados, pois sempre alguém a solicitava, enquanto Nick, por sua vez, não pôde se recusar a dançar com várias mulheres, principalmente senhoras de idade.

Foram para casa e, lá chegando, Vó Belinha lhes disse:

— Meus amores, foi uma festa linda, estou morta de cansaço e acho que vocês todos também. Ainda bem que amanhã é domingo e não precisamos levantar cedo. Mas vocês dois (disse apontando para Alice e Nick), antes de ir para a cama, combinem o horário para irem fazer a limpeza do salão amanhã. Padre Pedro quer tudo limpo e arrumado até segunda-feira. Boa noite! Sonhem com os anjos.

Dizendo isso, subiu as escadas, seguida por Tio Inácio, Carmem e Jorge, que haviam entendido perfeitamente o recado.

Alice sentou-se numa cadeira e olhou para Nick, que estava em pé diante dela. O cabelo um pouco desalinhado, a camisa amarrotada, a gravata torta, estava mais *sexy* do que nunca... olhando-a de um jeito estranho.

Nick calmamente dirigiu-se ao aparelho de som, colocou para tocar aquela música lenta que dançara com ela a primeira vez, ali naquele mesmo salão. Nunca mais esquecera a melodia. Caminhou na direção de Alice e estendeu-lhe os braços.

— Venha, precisamos terminar de dançar esta música.

Começaram a dançar. Seus corpos se moldavam, acompanhando em harmonia o ritmo lento e romântico da música; Alice sentia seu corpo inteiro se arrepiar, numa ansiedade desesperadora, ouvindo o bater descompassado do seu coração. Lentamente ele começou a acariciar seus cabelos com uma mão e as costas com a outra, seus lábios começaram a descer pelo rosto de Alice em busca de sua boca, e ela soube por antecipação que dessa vez ele a beijaria. Ele falou num tom rouco, que denunciava seu desejo:

— Ainda não lhe dei meu presente!

Então ele a beijou. No início, de forma calma, carinhosa, provando seus lábios... Aos poucos o beijo tornou-se impaciente, devorador, urgente... sua língua buscou a dela, e o desejo explodiu de forma imperiosa. Buscou seus seios com as mãos e tocou-os por cima do fino tecido do vestido, sentindo os bicos rijos. Alice correspondia intensamente, e ele sabia que devia parar, precisava parar... Ela gemeu baixinho quando ele parou de beijá-la e a abraçou forte, procurando se acalmar. Havia decepção em seu gemido, e ele compreendeu.

— Não posso fazer isso com você, Alice. Não posso! Sua avó não me perdoaria. — Ela nada respondeu, apenas escutava seus corações, que começavam a se acalmar. — Foi uma longa noite, querida. Precisamos descansar.

Nick a conduziu até a porta de seu quarto e beijou-lhe delicadamente os lábios:

— Descanse. Chamarei você para o almoço, depois iremos fazer a limpeza no salão. Boa noite! — Foi para seu quarto.

Alice estava explodindo de alegria. É claro, ficara decepcionada quando ele parara, mas estava se deixando levar pelo desejo. Nick tinha razão, não podiam ser tão precipitados. Ele não dissera que a amava nem que não podia mais viver sem ela, mesmo assim ela ganhara o presente de aniversário que havia pedido. Deus ouvira suas preces.

Nick se levantara às dez horas para preparar o almoço. Tio Inácio, acostumado a levantar cedo, já estava na sala assistindo à televisão. Serviu um café para Tio Inácio e os dois conversaram enquanto ele preparava o almoço. Quando tudo estava encaminhado, foi acordar Vó Belinha, que estava descendo, e pediu permissão para ir chamar Alice.

— Claro, meu filho, pode ir. Carmem e Jorge também já vão descer. — Ela estava muito feliz.

Nick abriu a porta com cuidado e entrou. Alice dormia tranqüilamente envolta num lençol que cobria apenas parte de seu corpo. Usava uma camiseta de malha, bastante larga, provavelmente acompanhada apenas de uma calcinha, já que grande parte de suas pernas estava à mostra. Aproximou-se lentamente da cama, sentou-se na beirada e com suavidade beijou-lhe os lábios. Ela despertou como num sonho e viu Nick ali, muito próximo.

— Bom dia, princesa! Chega de moleza. O almoço já está quase pronto e temos muito trabalho pela frente — disse-lhe carinhosamente.

— Sim, senhor comandante. Vou tomar um banho e descerei em seguida. — Ela bateu-lhe continência sorrindo.

— Ótimo. Adoro meninas obedientes.

Durante o almoço Vó Belinha notou os olhares que Alice e Nick trocavam. Ficou feliz por eles; todas aquelas aulas de dança... só podia dar nisso. Se o relacionamento deles não desse certo, ao menos a vida conseguira provar a Nick que ele ainda sabia amar. O restante só cabia a Deus e ao destino, que ela esperava que não fossem muito severos com ele.

Na manhã de segunda-feira, Tio Inácio, Carmem e Jorge foram para casa, prometendo voltar para o Natal.

Nick estava feliz por ter tantos trabalhos a fazer, cuidava de vários jardins na redondeza, e era responsável por podá-los, adubá-los, enfeitá-los e, dentro do possível, mantê-los sempre floridos. Criara em algumas residências pequenos tanques, que faziam o papel de lagoa, e colocava neles plantas aquáticas e alguns peixes coloridos, principalmente carpas, que se adaptavam melhor. Ele havia descoberto um criador de carpas a alguns quilômetros no sentido do interior que lhe fornecia os peixes. Isso representava mais trabalho, pois tinha de zelar para que os peixes não morressem. O resultado era muito bom e principalmente as crianças adoravam, surgindo sempre novos pedidos de pais ansiosos para que Nick construísse tanques para seus filhos.

Além disso, alguns donos de cavalos o contratavam para arrumar cocheiras, consertar cercas etc. Serviço não faltava, o que era ótimo, por dois motivos: porque lhe trazia um bom rendimento no final do mês, o que engordava suas economias, e porque o mantinha longe de Alice por bastante tempo. Nick não podia olhá-la sem desejar tocar seu corpo, beijar seus lábios... Estava cada vez mais difícil controlar-se.

Numa noite, depois de tomar banho e jantar, Nick procurou Vó Belinha.

— Preciso conversar com a senhora, Vó, é muito sério.

— Eu já esperava por isso, filho. Vamos para a varanda enquanto Alice arruma a cozinha.

Sentaram-se, e Nick não sabia por onde começar, estava muito nervoso.

— Não sei se vou conseguir dizer a coisa certa ou de forma certa, mas por favor me ouça primeiro e depois vou ouvi-la também.

— Combinado. — Vó Belinha estava séria.

— A senhora me recebeu como um filho, tratou de minhas feridas e ensinou-me a viver. Aprendi a amá-la como amaria minha avó, que nunca conheci. Por isso, não quero magoá-la. Aqui ganhei uma nova família, um novo lar e sou feliz assim. Porém, há algo que preciso lhe confessar. — Respirou fundo, procurando as palavras. — Sei que ama demais sua neta e sei que ela é o que tem de mais importante na vida. Por isso, sei também que quer o melhor para ela, um marido digno, que possa lhe dar tudo que merece e com quem ela seja feliz. Descobri que amo Alice, que estou perdidamente apaixonado por ela; se a senhora aceitar, pretendo pedi-la em casamento, ficaremos noivos no Natal e, assim que construir uma casa, nos casaremos. Se a senhora achar que não a mereço, irei embora amanhã mesmo e lhe pouparei qualquer aborrecimento.

Nick estava quase sem fôlego e olhava atentamente para Vó Belinha, aguardando a resposta. Ela se mostrava séria e parecia querer ler seus pensamentos. Depois de um momento angustiante, que lhe pareceu horas, Vó Belinha sorriu e disse:

— Você é o único marido que desejo para minha neta, Nick.

Ele respirou aliviado, seu rosto estava encharcado de suor.

Quando entraram, Alice estava uma pilha de nervos, andava pelo salão de um lado para outro de tanta ansiedade. Ao vê-los entrar abraçados e sorrindo, quase deu um grito de alegria. Nick então fez o pedido de casamento, prometendo que no Natal ficariam noivos e que em breve começaria a construção da casa deles.

Alice não cabia em si de tanta felicidade, e só pediu a Deus que aquilo tudo não fosse um sonho e, se fosse, que por favor nunca a acordasse!

Depois Alice foi ao quarto da avó; precisava conversar e pedir alguns conselhos.

— Vó, sempre me abri com a senhora e vou continuar fazendo isso. Tenho algumas dúvidas...

— Eu sei, querida, e vamos tentar esclarecê-las.

— Estou apaixonada por Nick, e quando ficamos juntos todo meu corpo reage e sinto um desejo enorme de estar com ele. Sei que acontece o mesmo com ele, porque sua voz fica rouca, a respiração se torna acelerada e posso ver o desejo em seus olhos. O que devo fazer? É errado corresponder a esses desejos?

— A sociedade cria muitas regras, querida, algumas é preciso seguir, porque são sensatas, outras só servem para complicar a vida e confundir nossa mente. Por isso vou lhe dizer o que penso e não o que a sociedade quer de você. Você e Nick se amam, e isso está claro na forma como se olham e se tratam; ele a respeita e, se não forçou nada até agora, essa é a maior prova de que não fará nada que você não queira. O amor, Alice, é o que há de mais belo neste mundo, e o sexo é apenas uma forma natural de demonstrá-lo. Você conhece Nick, o ama e vocês vão se casar. Portanto, não há o que temer, faça aquilo que desejar, desde que lhe traga felicidade. No entanto, tenha em mente que sempre que você tomar uma decisão, estará assumindo os riscos que dela provêm. Por isso, antes de unir-se ao seu amado, você vai fazer uma consulta a um ginecologista em Santa Cruz e pedir a ele que lhe indique um anticoncepcional; não seria bom que você aparecesse grávida antes do casamento. Além disso, a decisão de ter filhos precisa ser tomada de forma consciente e pelos dois.

Alice beijou a avó carinhosamente.

— Obrigada, Vozinha. Pensei que a senhora desejasse que eu me casasse virgem. Se essa fosse sua vontade, eu a respeitaria.

— Casar ou não virgem não mudará o que você é como pessoa, nem o seu caráter, e muito menos mudaria o amor que sinto por você. E, além disso, é a sua vida, e só você pode decidir sobre ela. Cada qual deve viver sua própria vida e saber seus limites, todos têm seus momentos especiais, suas alegrias, suas dores... Não podemos exigir que os outros os vivam por nós, assim como não podemos querer viver os dos outros.

No dia seguinte, Alice foi a Santa Cruz.

Ela estava muito feliz. Em todos aqueles anos sempre sonhara com um momento assim, que um dia alguém muito especial se apaixonaria por ela e a faria feliz... Alice sempre fora um pouco sonhadora, e suas amigas costumavam lhe dizer para pôr os pés no chão, pois príncipes encantados só existiam nos contos de fadas. Não esperava por um príncipe encantado, queria alguém de verdade, de carne e osso, que também tivesse defeitos, pois só assim poderia aceitar os próprios defeitos, alguém capaz de rir, brincar, amar a vida com todas as forças... Nunca pedira que ele fosse tão belo e carinhoso, isso fora Deus quem acrescentara...

Não sabia realmente a verdade sobre seus pais, desconfiava que ela estivesse além das palavras de carinho de sua avó. A própria avó sempre lhe dissera:

— Na vida há sempre três verdades, Alice. A primeira é *a sua verdade*, aquilo em que *você acredita*. A segunda é *a verdade do outro*, aquilo em que *ele realmente acredita*. E a terceira é aquela que *nem você nem ele conhecem*.

Com isso Vó Belinha queria dizer que não devemos julgar os fatos, muito menos as pessoas, baseados apenas naquilo que acreditamos ser a nossa verdade. Assim sendo, Alice preferia não julgar seus pais, nem os fatos passados, nem os avós que nunca chegara a conhecer, porque não era a dona da verdade e porque saber a verdade talvez lhe trouxesse mais sofrimento...

Alice decidiu guardar a imagem dos pais amorosos, que teriam feito tudo por ela. Por isso, pedia em suas orações para que estivessem num bom lugar e fossem muito felizes...

No momento, o que realmente importava era que estava muito feliz e que todo e qualquer sofrimento pelo qual tivesse passado naqueles anos era agora compensado pela presença de Nick em sua vida. Ele era o seu melhor presente...

10

DANA ESTAVA EM seu sítio na pequena Mirinápolis.

Detestava aquele fim de mundo, porém tinha de ser paciente: seu velho e querido marido iria bater as botas a qualquer momento. O senador Cartelli pedira afastamento de seus deveres políticos desde que sua doença se agravara, enfiara-se no pequeno sítio e não havia quem o tirasse dali. Na verdade, o sítio não era tão pequeno assim, era quase uma fazenda. Tinha lagoas, gado, cavalos... A casa principal era enorme, com grandes quartos, um amplo salão de festas, piscina e tudo mais. Deitada à beira da piscina, degustando pequenas frutas, Dana impacientava-se. Se não despertasse tantas suspeitas, arranjaria um jeito de agilizar a morte do senador, mas não podia arriscar. Afinal, seria sua única herdeira, já que o bobão não tivera filhos. Dana contratara um excelente advogado, que lhe garantira que nenhum centavo lhe escaparia e que ela podia ficar tranqüila, pois a fortuna do senador era enorme. Ele sempre agira de forma muito cuidadosa com suas finanças e nunca fora mão aberta. Deixara de lado muitas pretendentes quando jovem, pois achava que elas queriam apenas o seu dinheiro, o que não estava disposto a dividir. Já na velhice e meio gagá, não foi preciso muito esforço de Dana para convencê-lo de que estava perdidamente apaixonada por ele e que era, sem dúvida, a mulher com que ele sempre sonhara e pela qual esperara a vida toda. Agora era só colher os frutos.

Já fizera planos para gastar sua fortuna. Faria um longo cruzeiro pelo mundo, conheceria alguns países e visitaria novamente outros em que já estivera; arranjaria uma ótima companhia, iria se divertir, compraria muitas roupas e jóias e trataria de arranjar outro milionário à beira da morte para herdar sua fortuna.

Orgulhava-se do que era. Nascera muito pobre, mas aprendera a vingar-se dessa falha do destino e a traçar seu próprio caminho. Sempre tinha sido bela, inteligente, simpática, cheia de vida; fora um erro imperdoável ter nascido numa família pobre. Se fosse rica, Dana certamente seria uma atriz famosa.

Desde pequena começou a perceber que sua beleza chamava a atenção das pessoas, principalmente dos homens. Tinha um belo rosto, cabelos ruivos, olhos castanhos que se tornavam negros quando estava com raiva ou desejo... Fora esperta o bastante para notar que, com alguns olhares ou trejeitos, podia conseguir o que quisesse. Aprendeu cedo a observar as pessoas e descobrir qual tipo usar: o da menininha desprotegida, a sapeca, a inteligente ou a de estilo angelical; representava perfeitamente todos esses papéis e se aperfeiçoava com o tempo. Sempre conseguia o queria, fosse um sorvete, fosse um vestido novo, fosse um par de brincos...

Durante a adolescência descobriu algo melhor: seu corpo se transformava, estava se tornando uma mulher, e em troca de pequenos favores para os rapazes conseguia coisas melhores. E assim, Dana, uma adolescente que nascera pobre e era de família pobre, tinha as melhores roupas, as melhores notas na escola, vivia recebendo presentes de todos os lados, era amada e admirada pelos vizinhos, pelo carteiro, pelos professores... Seus pais se felicitavam com essa bênção e faziam questão de levá-la à igreja todos os domingos, em agradecimento a Deus.

Dana curtia essa vida, porque era sempre superior a tudo e a todos. As garotas e garotos de sua idade faziam de tudo para agradá-la, os pais também, e quanto aos homens, nem precisa dizer. Aos quinze anos já era uma especialista na arte da sedução e sabia exatamente o que fazer com um homem na cama; aprendera muito com os garotos mais velhos e principalmente com os professores. Tudo o que queria era fazer dezoito anos. Quando isso acontecesse, arrumaria um cara rico, que a levaria para a cidade grande e a tornaria famosa. Com sua habilidade em representar, conseguiria uma vaga na tevê. Só precisava conhecer a pessoa certa.

Ninguém nunca soube, mas Dana tinha uma aliada secreta que a preparara para a vida: Esmeralda. Tratava-se de uma cigana de meia-idade que morava algumas ruas acima da casa de Dana. Ela a conheceu numa noite em que fugira de casa...

Tinha na época oito anos, sempre fora o centro das atenções em casa, seus pais a adoravam, pois era muito bela e esperta. Toda a atenção e mimos eram para ela, afinal era filha única... até aquele momento. Soube que ganharia um irmaõzinho e que deveria aprender a amá-lo.

Aos poucos começou a perceber que o tal "irmãozinho" que iria ganhar em breve não seria um novo brinquedo, e sim um intruso, alguém que, antes mesmo de se dar a conhecer, já estava roubando o lugar dela naquela casa.

Quando finalmente o grande dia chegou, foi arrancada de sua cama numa noite fria, em meio à agitação. O pai ordenou que se levantasse ligeiro:

— Vamos, Dana. Pegue seu travesseiro e sua boneca e venha logo, preciso deixá-la na vizinha. Vou levar sua mãe à maternidade.

Ele nem sequer a beijou ou esperou por ela. Enquanto tentava entender o que estava acontecendo, Dana ouvia alguns gemidos e reclamações da mãe e a voz do pai, que dizia:

— Calma, querida. Respire fundo, vai ficar tudo bem. É o nosso menino que está chegando...

Foi deixada na casa da vizinha e esquecida lá por alguns dias.

Durante esse tempo chegou à conclusão de que já não era mais importante para os pais. O tal irmãozinho chegara e, pelo visto, a família só tinha olhos e atenção para ele. Nunca ficara tanto tempo longe dos pais, e a saudade que sentia aos poucos se transformou em rancor e mágoa... Não sabia e não poderia entender que sua mãe passara por um parto complicado, em que quase perdera a vida. Durante dias o pai permanecera à cabeceira da cama da esposa, velando por sua saúde e pedindo a Deus que não a levasse embora. O pequeno Pedro, apesar de não correr risco de morte, era uma criança frágil, que inspirava cuidados. O pai não se preocupava com ela, pois tinha certeza de que estava sendo bem-cuidada e precisava dar atenção à esposa e ao filho recém-nascido.

Solta na vizinhança, Dana começou a conhecer um novo mundo, que ia além de seus brinquedos.

— ...é uma cigana malvada, que rouba crianças para fazer poções e pode transformar gente em sapo! — dizia Carlinhos, um garoto de aproximadamente dez anos.

— Ela mora no final da rua do Gato Preto, depois da pinguela. Minha mãe me proibiu de passar lá perto — comentou Tereza, uma menina muito exibida, que costumava saber de tudo.

— Ela parece uma bruxa, e consegue paralisar um homem só com o olhar, foi minha mãe quem disse...

Escutando o que todos tinham a dizer, numa linda tarde de sol, ela soube da existência de Esmeralda.

Certa noite o pai de Dana finalmente foi buscá-la na casa da vizinha. Ela estava jantando com a família Silva, quando ele chegou:

— Venha, Jordana, vamos voltar para casa! — Parado na porta, falou em tom cansado e um pouco impaciente.

Aquilo foi como uma facada no coração de Dana. Depois de tantos dias sem vê-la, o pai não a chamou de "meu amor", "meu anjinho" ou "minha querida". Ele a chamou de *Jordana*. Em toda sua existência não se lembrava de uma única vez em que o pai a tivesse chamado pelo nome inteiro, nem mesmo quando se zangava com ela. Nessas ocasiões, no máximo ele a chamava de Dana. Não a pegou nos braços nem a beijou como ela esperava. Apenas um leve afago na cabeça, quando passou por ele na porta...

Ao chegar em casa, o pai lhe disse:

— Dana, eu e sua mãe estamos muito cansados. Você agora tem um irmãozinho e deverá se comportar; quero que ajude sua mãe a cuidar dele e da casa, você já é uma mocinha e está na hora de ter algumas responsabilidades. Por favor, não faça barulho para não acordá-lo e, quando ele chorar, leve a chupeta para ele...

E assim ela ouviu várias recomendações sobre o que poderia e o que não poderia fazer. Dana estava abobalhada... O que acontecera com seu mundo? Onde estava o pai e a mãe que tanto a amavam? Onde estavam os beijos e abraços carinhosos que sempre recebia? Por que não a chamavam mais de anjinho? Estava zonza e não conseguia pensar direito, havia um estranho em sua casa, alguém que não tinha vontade de conhecer, muito menos de conviver com ele. Era alguém que roubara dela tudo o que tinha de melhor, alguém que destruíra seu mundo...

Naquela noite ficou acordada e prestou atenção aos barulhos da casa. Quando teve certeza de que seus pais dormiam, levantou-se, tirou os chinelos e caminhou pé ante pé até a porta dos fundos. Do lado de fora, calçou os chinelos e observou a rua: não havia ninguém. Sabia exatamente aonde ir e, cuidando para não ser vista, seguiu para a rua do Gato Preto.

Caminhava em direção à pinguela, sabia que depois daquela curva não haveria mais volta, estaria ao alcance da cigana.

Com o suor escorrendo na testa apesar do frescor da noite, as mãos geladas pelo medo e a garganta completamente seca, seguiu em frente.

Avistou uma pequena casa no final da rua, onde havia luz. Dizia a si mesma:

— Não pare! Continue, você vai conseguir! Se voltar agora, você nunca será ninguém, nunca será nada...

De repente a porta da casa se abriu.

Quis correr, mas as pernas não obedeceram, tremia muito, e por um momento pensou que fosse desmaiar. Na porta da casa havia uma mulher que a olhava.

— Ora, ora... mas o que temos aqui? Você se perdeu, foi?

Paralisada pelo medo, não conseguia nem sequer piscar. Então pensou: "Eles me avisaram que ela hipnotizava as pessoas...".

A cigana caminhava na direção da menina de maneira displicente.

Chegou perto de Dana e percebeu que a menina estava lívida de medo.

Pegando na mão da menina, falou:

— Venha, criança, não tenha medo. Não sei por que você veio até aqui, porém acho que não está perdida. — Levando-a para dentro de sua casa, continuou: — Vou lhe dar um copo de suco e então vamos conversar, está bem?

Esmeralda estendeu-lhe um copo com um líquido vermelho. Ela olhou para o conteúdo do copo e não teve coragem de beber. "Seria veneno?"

— Não precisa ter medo, menina. Apesar de tudo o que você deve ter ouvido sobre mim, teve a coragem de vir até aqui, coisa que muitos adultos não têm. Admiro as pessoas corajosas e prefiro ser amiga delas a ser inimiga. Beba, vamos, isto é apenas suco de uva, uma espécie de vinho, vai aquecê-la e fazê-la sair desse torpor.

Dana então obedeceu; depois de alguns minutos, sentia-se melhor.

— Como você se chama, menina?

— Jordana Tabane, mas todos me chamam de Dana.

— Certo. Meu nome é Esmeralda, como você já deve saber. Agora me diga: por que veio me procurar?

— Não quero mais voltar para casa e não tenho para onde ir...

— Ora, então você fugiu de casa. Mas por quê? Seus pais batem em você?

— Não, não é isso. É que eles não me amam mais...

Entre soluços e lágrimas, contou-lhe os fatos das últimas semanas e, quando terminou de desabafar, sentia-se muito melhor. Uma coragem a invadiu e, levantando-se da cadeira onde estivera todo aquele tempo, começou a observar a pequena casa em que Esmeralda morava. Já não sentia mais medo da cigana. A própria Esmeralda lhe dissera que era corajosa e que queria ser sua amiga, não é? Pois bem, aquela amizade teria um preço...

— Quero que me ajude a vingar-me de meus pais!

Falou com tanta altivez e num tom de voz tão seguro, que até Esmeralda se assustou. "Meu Deus, ela é só uma garotinha de oito anos e fala como uma pessoa vivida."

— Escute, Dana, essas histórias todas que você ouviu sobre mim não são verdadeiras. Não faço mal a ninguém, muito menos a pessoas que não conheço e que não me fizeram nada. Mas sei como ajudá-la...

— Como? Diga-me logo. O que devo fazer?

— Você não fará nada contra seus pais, nem contra seu irmãozinho. O que vou fazer é ensiná-la a não precisar deles, a ser superior a eles.

Tomando as mãos de Dana nas suas, começou a analisar as pequenas linhas da vida e, numa voz melodiosa e distante, falou, como se profetizasse:

— Você será uma linda mulher, Dana! Eu lhe ensinarei os segredos da beleza do rosto e do corpo, lhe ensinarei a arte da sedução e desvendarei para você os segredos da alma de um homem. Eles cairão de joelhos diante de você e irão implorar o seu amor, as mulheres sentirão inveja e ciúme de você, mas você as dominará; você terá uma vida de riqueza e luxo e aproveitará todos os prazeres da vida...

— Eu vou ser feliz para sempre? — Ela voltara a ser a menininha de oito anos...

Esmeralda saiu do transe e deu-se conta disso.

— Os contos de fadas não existem na vida real, Dana... e eu não falei em felicidade, muito menos em amor...

— Não estou entendendo...

Esmeralda levantou-se de súbito, pegou a menina pelas mãos e levou-a para fora de casa.

— Vá para sua casa, Dana. E arranje um jeito de vir aqui todos os dias para que eu possa cuidar de você.

— Mas está muito escuro e tenho medo de voltar sozinha...

— Você não teve medo de vir até aqui, não foi? Pois então vá logo e lembre-se: nunca mais na vida você terá medo de nada!

Estava com medo, sim, mas não podia demonstrar isso a Esmeralda, de jeito algum. Quase correndo, tomou o caminho de volta para casa.

Nos anos que se seguiram, ia sempre que possível à casa de Esmeralda.

A cigana cuidava de seus cabelos e de sua pele, ensinava-lhe a comportar-se como uma verdadeira dama, como andar, como sentar, como usar talheres e copos e muito mais. Dana ouvia todos os dias Esmeralda lhe repetir:

— Você é melhor que todos, Dana. É mais bonita, mais inteligente, mais educada, e todos sempre farão aquilo que você quiser. Você só precisa ter paciência e ser esperta para descobrir como. Para tudo há um preço e um jeito...

E assim Dana foi educada por Esmeralda. Os pais estavam sempre muito ocupados com o pequeno Pedro, que era muito frágil e vivia doente. Depois dele vieram outros irmãozinhos, não sobrando muito tempo para Dana. Não havia com que se preocupar, pois na escola era sempre a primeira da classe, não tirava notas baixas e todos a adoravam: professores, colegas, vizinhos... Prova disso era que ganhava muitos presentes e andava sempre limpa e arrumada. Assim sendo, só restava aos pais ter muito orgulho da filha e se preocupar com os outros filhos, que eram diferentes dela.

Certa vez a mãe disse ao marido:

— Veja como nossa filha é bela e educada! Um dia se casará com um homem muito rico, e então nossas dificuldades terminarão.

Aos dezoito anos, mais linda do que nunca, Dana não teve dificuldade em arranjar seu primeiro marido, velho e rico. Mudou-se para a capital. Despediu-se com lágrimas nos olhos, como se a separação de seus pais e daquele mundo de pobreza lhe causasse alguma dor. Os pais e irmãos acreditaram em suas lágrimas, e o marido também. Para compensá-la, cobriu-a de presentes e fez todas as suas vontades. Dana deslumbrou-se com um mundo de riqueza, roupas chiques, perfume francês, boa comida, piscinas, viagens e festas. Não chegou ao mundo da tevê, mas isso não importava, tinha riqueza e diversão suficientes em sua vida. Contratava os mais belos seguranças e andava sempre rodeada de homens; já fora para a cama com empresários, banqueiros, políticos, diplomatas, fazendeiros...

Conquistara tudo que queria por suas próprias forças, nunca pedira nada a ninguém, sempre negociara o que queria e sempre pagara... do seu jeito. Os homens a adoravam, e ela chegava a ter prazer com alguns.

Até aquele dia no baile da cidadezinha, nunca fora desdenhada por nenhum homem; ao contrário, todos davam um jeito de mostrar-se diante dela e de insinuar seus desejos. Estava irritada e impaciente; sentia-se insultada, e uma pergunta inquietante rondava seus pensamentos: aos 38 anos, estaria ela menos atraente?

Caminhou até a sala, onde havia vários espelhos, e olhou-se de alto a baixo: perfeita! Pernas longas e bem-torneadas, bumbum empinado e firme e seios bonitos, que dispensavam o uso de sutiã. Não tinha barriga, nenhuma gordurinha saliente, os cabelos eram cor de fogo, sedosos e com muito brilho, tinha os lábios carnudos e bonitos, os dentes perfeitos, um sorriso largo. Ela era linda, e nenhum homem tinha o direito de olhá-la sem desejá-la.

Na verdade, sabia o que tinha acontecido. Nick estava enrabichado por aquela magricela insossa, que certamente ainda era virgem; devia estar tão fissurado pensando em levar Alice para a cama que nem percebera o mulherão que tinha à sua frente. Isso era natural em garotos que pensam mais com a cabeça de baixo do que com a de cima. Não deveria perdoá-lo, porém lhe daria uma nova chance. Nick não era nada nem ninguém, não possuía nome nem dinheiro, mas mexera com ela; primeiro porque era muito bonito e havia algo nele que a excitava. Segundo porque era um desafio: nunca precisara lutar para ter um homem em sua cama. E, para quem não tinha nada para fazer, até que seria um joguinho interessante. Pelo menos não morreria de tédio naquele inferno enquanto aguardava seu marido bater as botas.

Era isso! Ia se concentrar num plano para levar Nick para a cama e assim lhe faria um favor, mostrando a ele do que uma mulher é capaz quando deseja algo.

Virou-se e viu um dos seus belos guarda-costas parado atrás dela; percebeu em seu olhar o desejo que despertava nele.

Puxou-o para si.

Na pequena joalheria, usando o catálogo que o proprietário lhe mostrara, Nick tinha encomendado um belo par de alianças trabalhado em ouro. Elas chegariam antes do Natal.

Procurou Vó Belinha no jardim e sentaram-se no banco de madeira.

— Fico feliz que tenha encomendado as alianças, Nick, mas há algo que gostaria de lhe pedir: se você e Alice não se importarem, gostaria que continuassem a morar aqui no casarão, ele é grande demais para mim e eu ficaria muito sozinha aqui.

— Posso conversar com Alice, Vó. Nós só não queremos incomodar a senhora nem abusar de sua generosidade; tenho condições de fazer minha própria casa.

— Eu sei, Nick, você é muito trabalhador e faz suas economias. No entanto, gostaria que falasse com Alice sobre o assunto. Além do mais, se chegarem hóspedes, como vou me virar sozinha?

— Sabe que esta é uma coisa que sempre quis lhe perguntar, Vó? Por que tem uma pousada num lugar como este, que dificilmente recebe turistas, a não ser um ou outro no verão?

— Esta é uma velha história, Nick. Quando Alice ainda era pequena e ia estudar em Santa Cruz, eu e meu marido ficávamos sozinhos no casarão, que foi herança do meu falecido sogro e passou de geração para geração. Por isso não queríamos nos desfazer dele. Um dia o dono da mercearia veio perguntar se não poderíamos fazer o favor de receber em nossa casa alguns parentes seus que estavam de visita e que ele não tinha onde hospedar. Eram apenas dois casais, e como tínhamos vários quartos disponíveis, aceitamos normalmente. Eles ficaram o fim de semana, dormiram, comeram e foram embora dizendo apenas um "muito obrigado". Fiquei um pouco chateada, pois trabalhei bastante, fiquei com toda a roupa de cama e banho para lavar, houve cafés da manhã, almoços e jantares e eles nem sequer perguntaram se deviam algo. Mas tudo bem, não nos fez falta. Passadas algumas semanas, o prefeito veio também me pedir o favor de receber alguns ilustres amigos dele para a festa de aniversário de casamento que ia realizar, já que, pelo grande número de convidados, não havia lugar para todos em sua casa. Novamente aceitei, mas pedi que ele bancasse a comida. Tudo combinado, até hoje estou esperando para receber o que gastei com a alimentação de seus quase vinte convidados.

— Mas que safado! A senhora nunca o procurou para cobrar?

— Claro que não, Nick. Quem tem caráter não precisa ser cobrado, e ele sabe que me deve; carregará isso consigo até o fim de seus dias.

— Continue, Vó, o que aconteceu depois?

— Depois disso meu marido decidiu que não faríamos mais papel de bobos. Fizemos algumas reformas no casarão e colocamos uma placa de pousada, com tabela de preço. Assim, qualquer um que quiser pode se hospedar aqui, desde que pague, é claro. E, para não levar calote, cobro sempre uma parte adiantada.

— Mas no dia em que cheguei havia várias pessoas aqui jantando, inclusive o prefeito, o padre, o veterinário e outros. O que estavam fazendo aqui?

— Naquele dia o veterinário tinha solicitado uma reunião com alguns donos de gado, por causa de uma doença que estava atacando na região. Queria explicar os cuidados a ser tomados para evitar que a doença atingisse o gado de nossa cidade. Quando você chegou, só estavam aqueles que resolveram ficar para o jantar. Isso às vezes acontece, as pessoas marcam reunião aqui e faço a comida. Você tem ficado o dia todo fora trabalhando, por isso não percebe, mas quase todo dia alguém vem almoçar aqui. Já é costume, se alguém vem ao centro comprar algo e quer almoçar, passa aqui e me avisa, então na hora do almoço aparece; há dias em que não vem ninguém, outros em que há dois ou três, e outros em que há até dez pessoas. Sempre preparo algo rápido, um café, um almoço ou um jantar. Basta esperar um pouquinho.

— Na verdade, a senhora é como uma avó para todos aqui na cidade, não é?

— É por isso que me chamam de Vó Belinha.

— Não se preocupe, Vó, vou conversar com Alice.

Naquela noite Nick conversou com Alice, que ficou muito feliz com a idéia, pois de fato não queria sair do casarão. Fora criada ali, e a idéia de deixar Vó Belinha sozinha a apavorava. Conversaram durante muito tempo, e Alice lhe contou que começara a tomar os anticoncepcionais. Em breve, poderiam se amar sem preocupações.

Nick estava muito feliz e perguntava-se como seu destino pudera mudar tanto.

Sofrera bastante durante sua existência no Buraco, fora feliz durante quase onze anos com Tio Inácio e Carmem, então chegara a tragédia em que perdera os pais e o irmão, e escapara por pouco... Enfrentara um período difícil e encontrara novamente a felicidade; estava perdidamente apaixonado por Alice. Parecia viver um conto de fadas. Será que toda aquela felicidade era uma recompensa pelo muito que sofrera? O que o futuro lhe reservaria? Por hora, era melhor não pensar nisso. Aprendera a viver um momento de cada vez, como se fosse único. Agora, o que importava era Alice, e queria fazê-la muito feliz.

Quando as alianças que encomendara chegaram, Nick guardou-as para que Alice não as visse antes do noivado.

Passaria aquele dia fora, trabalhando em um pequeno sítio para consertar um curral de porcos. Quase recusara o trabalho, embora fosse fácil e rápido, mas, como fora uma velhinha muito simpática que solicitara o serviço, não teve como negar.

Trabalhava com rapidez, com seus pensamentos voltados para Alice. Retornaria mais cedo aquela tarde, tomaria um longo banho, ajudaria Alice no jantar e, depois, se tudo desse certo, teriam sua primeira noite de amor. Estava tão ansioso quanto um adolescente e sabia que Alice também aguardava o momento com expectativa. Seria a primeira vez dela, e ele não podia decepcioná-la, teria de tomar cuidado para não machucá-la, não ser muito apressado...

Enquanto pensava em Alice, um peão aproximou-se. Não o conhecia, mas devia ser funcionário do sítio ou parente da velhinha que o contratara, calçava botas de vaqueiro e usava um chapéu de abas largas.

— Você é o Nick, não é?

— Sou, por quê?

— Pediram para te entregar este envelope.

Nick pegou o envelope que o rapaz lhe estendia e então começou a afastar-se. Curioso, abriu-o rapidamente e tirou de dentro uma folha delicadamente dobrada, que exalava um delicioso perfume feminino. A caligrafia era bonita e delicada.

"Caro Nick!

Antes de mais nada, quero me desculpar pelo meu comportamento no baile. Havia bebido um pouco e acho que falei coisas que o desagradaram. Perdoe-me essa pequena fraqueza, pois às vezes fico tão deprimida com o estado de saúde de meu marido que bebo para esquecer que posso perdê-lo a qualquer momento. Tenho certeza de que você será capaz de me entender.

Na verdade, preciso muito de sua ajuda. Meu marido não sai mais da cama e já não pode mais tomar decisões; evito ao máximo causar-lhe aborrecimentos. Assim sendo, foram surgindo vários pequenos problemas no sítio que precisam ser resolvidos com urgência. Como nada entendo desses assuntos e sei de sua fama na cidade, de seus dons para esse trabalho, gostaria de poder contar com sua ajuda. Pagarei muito bem pelos seus serviços, e você estará prestando um grande favor a mim e, principalmente, ao meu marido enfermo.

Sei que você não recusaria ajuda num momento tão difícil.

Por isso, peço encarecidamente que venha ao meu sítio hoje, a partir das dezenove horas, quando já estiver livre de seus compromissos, para que possamos discutir o assunto.

Obrigada por sua compreensão.

Estarei aguardando.

Dana"

Nick pensou por um momento, tentou imaginar a mulher sensual e glamourosa que conhecera no baile humilhando-se daquela forma para um simples trabalhador braçal. Não, isso não combinava com ela! Só de lembrar o jeito como falava do marido e o modo como se insinuara para ele, sentiu nojo. Depois, ela mesma dissera que detestava o lugar, portanto, por que estaria tão preocupada com a manutenção do sítio? E, além de tudo, aquela seria sua primeira noite com Alice e nada o faria voltar para casa tão tarde.

Lembrou-se de Alice, e seu rosto então iluminou-se num sorriso.

Instintivamente, amassou o papel que tinha nas mãos e atirou-o aos porcos. Assobiando alegremente, voltou ao trabalho. Já perdera muito tempo.

O homem que entregara a carta o observava de longe.

Ao ver a cena, cuspiu no chão e afastou-se do lugar.

Dana estava na banheira, colocara essências afrodisíacas especiais na água juntamente com os sais de banho, não esqueceria nenhum detalhe. Aquela seria uma noite especial, na qual ela aplicaria todo o seu conhecimento e todas as suas armas.

Àquela altura, Nick já deveria ter recebido a carta e, em breve, estaria se preparando para ir encontrá-la. Pesara bem as palavras para que se mostrasse humilde e dependente, como se Nick fosse sua única salvação. Com toda certeza, o bom moço não se recusaria a ajudar uma esposa amorosa e desamparada.

Dispensara a maioria dos funcionários. Ficaram apenas os dois seguranças, a cozinheira e mais duas ou três pessoas indispensáveis e... discretas. Assim, não haveria curiosos. Pensara em tudo, desde o banho, o perfume, a roupa que usaria, o champanhe no gelo, a música, até as palavras que pronunciaria; cada frase e cada movimento seriam ensaiados para que nada saísse errado. Era realmente uma ótima atriz e, antes que Nick percebesse, estaria em sua cama implorando para que ela fizesse amor com ele; e assim passariam a noite, amando-se de diversas formas, até não terem mais forças... Na manhã seguinte, Nick já não conseguiria mais viver sem ela. E ela o usaria enquanto ele fosse necessário, interessante e lhe desse algum prazer. Seria uma conquista excitante, e já podia sentir sua libido manifestar-se enquanto mirava-se nos espelhos que cobriam o teto e as paredes de seu banheiro particular.

Nick terminara o trabalho no pequeno sítio e conseguira chegar em casa mais cedo. Fora para o quarto e tomara um banho demorado, lavando-se com extremo cuidado, sem esquecer nenhum detalhe, e se perfumara.

Desceu assobiando e foi para a cozinha.

— Olá, meninas! Querem ajuda para o jantar? — disse, beijando Vó Belinha e Alice na face.

— Ora, mas que surpresa agradável! Então jantaremos juntos os três e depois você ajudará Alice na cozinha. Assim posso me deitar mais cedo; senti muitas dores nas pernas hoje.

Enquanto Vó Belinha ajeitava a mesa, Nick foi ajudar Alice com o jantar. Seus olhares se cruzaram, e foi como uma corrente elétrica, a tensão no ar era quase palpável. O coração de Alice disparou a bater tão forte que ela pensou que todos em volta pudessem ouvi-lo.

Nick estava um pouco nervoso e quase cortou um dedo ao picar os tomates.

Durante o jantar eles ficaram calados e mal tocaram a comida.

Vó Belinha percebeu a tensão.

— Bem, vou para a cama. Nick, faça o favor de verificar se todas as janelas estão bem fechadas e se as trancas nas portas foram passadas corretamente. Tenho o sono muito pesado e não vou acordar se alguém tentar forçá-las. — Dizendo isso, deu uma piscadela para Nick. — Boa noite, crianças.

— Boa noite, Vozinha — responderam juntos.

Nick nunca ouvira falar de ladrões naquela cidade e entendeu o recado.

Juntos recolheram a mesa e lavaram a louça; por pouco não quebraram alguns pratos, de tão nervosos que estavam. Quando terminaram, Nick levou-a para o salão e colocou uma música.

— Gostaria de dançar?

— Gostaria — ela respondeu baixinho.

Como num passe de mágica, o mundo lá fora deixou de existir, o ontem e o amanhã já não importavam. Existia apenas um mundo, um momento... o presente.

A música suave começou a embalar seus corpos; Nick inebriou-se no perfume dos cabelos dela. Aos poucos as mãos de ambos, timidamente, começaram a traçar carícias.

Eles sentiram o desejo despertar, e suas bocas suavemente se buscaram. Seus lábios se encontraram, num toque macio, delicado... e começaram um balé incansável, explorando os sentidos. O beijo tornou-se possessivo, faminto, e suas línguas se cruzaram, se enroscaram... As mãos de Nick buscaram os seios de Alice, enquanto ela gemia de prazer. Não havia mais como evitar, seus corpos ardiam de desejo, suas bocas se tornaram insaciáveis, e nenhum dos dois queria parar...

Ele a tomou nos braços e, como se ela fosse uma pluma, carregou-a escada acima, com ansiedade.

Ela sabia o que ia acontecer e não ficou preocupada. Não estava fazendo nada de errado, sabia que o momento que a esperava seria especial e marcante.

Nick parou no corredor diante da porta do quarto dela, colocou-a no chão e, olhando em seus olhos, perguntou-lhe suavemente:

— Você tem certeza, meu amor?

Ela viu o desejo nos olhos dele.

— É o que mais quero. — Ela então abriu a porta e o conduziu para dentro do quarto.

Com muito carinho Nick a despiu, observando cada centímetro de seu corpo. Depois, lentamente tirou sua própria roupa e deixou que ela o visse; em seguida colocou-a sobre a cama e beijou-lhe delicadamente todo o corpo com a maior paciência e o cuidado de que foi capaz. E quando já não agüentava mais esperar, fizeram amor com a delicadeza e a urgência que só os amantes conhecem, na cumplicidade de um momento mágico e perfeito...

Alice tinha medo da dor que certamente sentiria, mas estava tão excitada e queria tanto aquele momento que a dor passara despercebida. O prazer de estar ali nos braços do homem que amava, entregando-se a ele de maneira tão bela, superara tudo.

Nick controlou-se e atingiram o clímax juntos. Ela quase gritara seu nome...

Amaram-se ainda uma vez.

— Chega por hoje, meu amor, não quero machucá-la, mas saiba que daqui para a frente não poderei viver sem você e farei tudo para fazê-la feliz. Você é meu grande presente da vida, Alice, e agradeço a Deus por este dia.

Beijou-a com carinho e ficou com ela até que pegasse no sono.

21h00.

Dana estava impaciente, olhava o relógio. Nenhum sinal de Nick.

Será que o imbecil havia esquecido de lhe entregar a carta? Não, não ousaria fazer isso. Sabia que ela era vingativa.

21h15.

Estava impaciente. Deu uma volta na piscina, voltou para o seu quarto e olhou pela janela: nenhuma luz de carro no caminho que subia até o portão principal.

21h30.

Bebeu mais uma dose de uísque. Estava começando a ficar nervosa, muito nervosa...

21h50.

Já bebera meia garrafa de uísque. Estava espumando de raiva. Preparara-se a tarde toda, até a hora em que lhe entregaria uma bebida. Ensaiara várias vezes para ter a certeza de que, no momento em que se curvasse, seu generoso decote deixaria à mostra seus seios perfeitos, fazendo despertar o desejo nele.

22h10.

Horas e horas de planejamento, para quê?

Aquele idiota não se dera nem ao trabalho de aparecer.

Quem pensava que era? Ela, que já se deitara com homens famosos e ilustres, com milionários, diplomatas, empresários, em suítes de hotéis cinco estrelas, sendo esnobada por um peão pé-de-chinelo, que se julgava muito importante...

22h40.

Pela trigésima vez, Dana foi à sacada de seu quarto e olhou o caminho que traria o carro da cidade ao portão de sua propriedade. Nenhuma luz.

23h30.

Não havia mais uma gota de uísque na garrafa.

Estava sentada no chão do quarto, com a cabeça apoiada na cama. A cama que ela preparara pessoalmente para ser o palco de sua conquista.

24h00.

Olhou para o relógio que marcava sua derrota. Sua primeira derrota.

— Você vai pagar caro por isso, Nick! Muito caro...

11

A MISSA DE NATAL fora longa e muito bonita.

Padre Pedro falara da fraternidade e do perdão, da presença de Cristo no dia-a-dia das pessoas e da fé que nunca deve morrer.

Ao final, todos se abraçaram emocionados e desejaram uns aos outros um feliz Natal. O prefeito quis fazer um discurso, porém padre Pedro apenas lhe permitiu algumas palavras, pois aquela noite pertencia apenas a Jesus e não aos políticos.

Ao chegar em casa, Vó Belinha aqueceu a ceia que preparara com a ajuda de Carmem, e eles brindaram a uma nova vida, a um renascer...

Ao terminar a ceia, Nick ergueu-se e caminhou até o centro do salão próximo à árvore de Natal. Chamou a todos para que ficassem próximos à árvore e falou:

— Esta é realmente uma noite maravilhosa. Tenho diante de mim as pessoas que mais amo na vida. Nunca pensei que o destino me reservasse tanta felicidade!

Tirando do bolso uma caixinha, Nick pegou a mão de Alice e, colocando a aliança em seu dedo anular da mão direita, continuou:

— Esta aliança é a prova do meu amor por você, Alice. Que ela seja o elo que unirá para sempre não só nossos corpos mas também nossas mentes, nossos corações e nossas almas. Que a eternidade seja testemunha deste amor e que ele jamais enfraqueça. — Dizendo isso, beijou a aliança e depois os lábios dela.

Então estendeu a Alice sua própria aliança, para que a colocasse em seu dedo.

— Você é o maior presente que pedi a Deus, Nick, e estou grata por Ele ter me atendido. Eu o amo mais que minha própria vida e juro que me esforçarei para fazê-lo feliz.

Vó Belinha e Tio Inácio não puderam conter as lágrimas, e todos se abraçaram emocionados. Foi um momento lindo, mágico, em que o amor reinava absoluto. Um desses raros momentos no Universo que fazem falta à humanidade.

Despojados das fraquezas humanas, reinava entre eles a mais perfeita harmonia...

Distante dali, numa mansão quase vazia, um homem jazia moribundo em seu leito.

Toda sua riqueza e todo o poder que conquistara de nada lhe serviam. Estava morrendo, só e abandonado. Apenas os empregados o visitavam para cumprir suas obrigações, mas nem sequer um olhar de misericórdia lhe era dirigido. Todos aguardavam apenas que ele morresse. E logo...

Ali esquecido, aos poucos tomara consciência de sua situação e tivera tempo suficiente para relembrar sua vida, sua trajetória. Tinha cometido tantos erros... Arrependia-se de muita coisa, mas sabia que era tarde demais. Sem os movimentos de pernas e braços, e sem ter com quem conversar, desenvolvera outros sentidos... Agora, ao olhar para as pessoas que o cercavam, ele conseguia ver como realmente eram. Não via apenas seus corpos, mas conseguia ver suas almas e descobria que à sua volta não havia mais luz, apenas escuridão. As pessoas que ali estavam não tinham sentimentos bons, não sentiam amor, piedade ou solidariedade, nada disse tipo. Apenas ganância, ódio, avareza... Ele criara seu próprio inferno, e nem a morte se apiedava dele...

No quarto ao lado, Dana estava sobre a cama. Degustara um jantar saboroso, bebera champanhe, transara com um dos seguranças e agora estava só, completamente só.

Mas ela sentia uma outra presença no quarto, algo que se apossava dela havia dias: o ódio. O ódio que enchia sua mente, seu coração e sua alma; um ódio desenfreado por tudo, por seu marido que não morria, por aquele lugar detestável num fim de mundo, pela festa magnífica com que sonhara para o Natal a bordo de um transatlântico, pelos homens que poderia estar conquistando naquela noite e por Nick, principalmente por Nick, o culpado por sua derrota, por aquela noite horrível... Ele rira dela e jogara sua carta aos porcos... *aos porcos!* Agora, certamente, estava na cama daquela insossa, dando risadas, contando a ela como esnobara e enganara a mulher mais linda e sensual que já conhecera.

Nick! Ele não perdia por esperar... A vingança é um prato que se come frio.

Ela jamais esqueceria...

Como não havia motivos para esperar, já que Alice e Nick continuariam a morar no casarão e não existiam familiares da parte dela nem da parte dele, além de Vó Belinha, Tio Inácio, Carmem e Jorge, o casamento foi marcado para o dia 15 de maio. Cinco meses e meio era tempo suficiente para ajeitar a igreja, alugar o vestido de noiva e convidar os amigos de sempre da cidade. Dessa vez os convites não ficariam por conta da filha do prefeito, pois Alice não queria correr o risco de se deparar com convidados indesejáveis, como a "viúva-negra".

Seria um casamento simples, sem pompa, e o jantar seria no casarão, apenas para alguns convidados.

Alice entristecera-se um pouco por não ter ali, naquele momento tão especial, a presença dos pais, que não chegara a conhecer, e dos irmãos que nunca tivera. Sentia fortemente a ausência de seu avô, que se orgulharia muito de levá-la ao altar.

Decidiu que convidaria Tio Inácio para conduzi-la à igreja.

Era começo de abril. Alice foi ao mercado fazer compras. Estava pegando algumas latas de ervilha na prateleira quando sentiu que alguém a observava e virou-se. Levou um susto tão grande que deixou cair as latas no chão. Atrás dela, observando-a com olhos penetrantes, estava ninguém menos que... a *viúva-negra*.

Num tom de voz controlado, para que ninguém mais ouvisse, Dana falou:

— Ora, ora, se não é a pequena insossa do casarão...

Ela ficou vermelha como um pimentão e, enchendo-se de coragem, falou:

— Boa tarde para a senhora, *também*! Posso ajudá-la em algo?

Aproximando-se mais de Alice enquanto fingia analisar uma lata de milho verde, Dana continuou:

— Não, sua tolinha, você não pode me ajudar, porque não preciso de sua ajuda para nada. Mas eu posso ajudá-la, sabia?

— Obrigada, mas não preciso de sua ajuda. — Tentou empurrar o carrinho de supermercado. No entanto, Dana foi mais rápida e segurou-a com firmeza pelo braço.

— Calma, queridinha, não precisa fugir, não vou machuchá-la. Se fosse você, não sairia daqui sem saber o que tenho para lhe contar...

— Nós não temos nada para conversar.

— Não mesmo? E se eu lhe contar algumas coisas sobre o Nick?

Alice arregalou os olhos. O que aquela mulher poderia saber sobre Nick que ela não soubesse? Seria algo sobre o seu passado? Mas Nick lhe contara todo o passado antes do noivado! Suas pernas queriam correr e ir embora dali, porém havia algo na forma como Dana a olhava que deixava claro que sabia algo de muito grave...

— Está bem, se a senhora tem algo para me contar, então pode começar.

— O que é isso, menina? Não me trate como se eu fosse uma de suas amiguinhas fofoqueiras. Você realmente é uma menininha insossa e inexperiente, não sei o que Nick viu em você, além de sua virgindade, é claro. Sei muita coisa sobre Nick que você não sabe, porém... no devido tempo você saberá. Tudo o que vou lhe dizer agora é que Nick não é realmente o anjo que você pensa, e antes de se casar com alguém é bom saber quem esse alguém realmente é. Por hoje, basta. Em breve você descobrirá por si mesma...

Dizendo isso, retirou-se do mercado.

Alice estava atônita, não podia deixar que ela saísse sem contar o que sabia. Correu até Dana e pegou-lhe no braço:

— Por favor, diga-me o que sabe!

Dana olhava enojada para a mão de Alice, que estava empoeirada pelas latinhas do supermercado e deixara uma marca em seu *blazer* branco.

— Tire suas mãos sujas de cima de mim, sua fedelha! — Dizendo isso, puxou o braço com força e caminhou para a saída.

Ficou ali parada, enquanto as lágrimas corriam por seu rosto.

Alice estava vivendo uma tortura, porém decidiu não falar com ninguém. Não poderia sair questionando as pessoas sobre o homem que seria seu marido; não queria conversar com Vó Belinha para não preocupá-la. Já com Nick, sempre que conversavam tentava tirar dele novas informações sobre o passado, porém tudo o que ele contava ela já sabia. Chegou à conclusão de que Dana dissera aquelas coisas só para se vingar, pois Nick se recusara a ir trabalhar no sítio. O melhor seria esquecer tudo e cuidar dos preparativos do casamento.

Vó Belinha havia ido à igreja participar da novena que padre Pedro estava realizando para a Virgem Maria. Alice estava em casa fazendo a faxina no salão do casarão quando avistou algo sob a porta de entrada. Aproximou-se e viu que se tratava de um envelope; estava fechado, e na frente apenas seu nome escrito numa caligrafia feia. Seu coração disparou e ela olhou em volta para ter certeza de que estava sozinha. Rasgou o envelope rapidamente e começou a ler:

"Se quer saber quem ele realmente é, vá à antiga cabana da amoreira às cinco da tarde e aguarde sem ser vista".

Leu e releu o bilhete umas dez vezes. Sabia onde ficava a antiga cabana; na verdade, apenas o lugar e o nome eram antigos, pois o atual proprietário reformara tudo na esperança de alugá-la, o que raramente acontecia. Era um lugar bonito e romântico, pois as árvores em volta da cabana eram na maioria amoreiras, que deixavam um aroma gostoso no ar. Se fosse de bicicleta, chegaria lá em pouco mais de vinte minutos, pois conhecia vários atalhos.

Terminou o serviço rapidamente e trocou de roupa. Pôs uma calça jeans e um moletom para ficar mais fácil para pedalar. Quando Vó Belinha chegou, já eram quinze para às cinco, e ela não teve tempo de lhe explicar nada. Apenas disse que precisava sair e que voltaria logo.

Teria de pedalar mais rápido para cumprir o trajeto em quinze minutos.

Chegou ao lugar combinado completamente suada e olhou seu relógio: cinco horas e dois minutos. Estava um pouco atrasada, mas apressou-se em esconder a bicicleta sob alguns arbustos, depois procurou uma árvore que lhe desse uma boa visão da cabana e subiu até ela. Escondeu-se entre os galhos e ficou observando. Nada. Não havia ninguém.

Quando sua adrenalina baixou, sentiu-se uma perfeita idiota, sentada em cima de uma árvore esperando por algo que nem sabia o que era. "Meu Deus, o que é que estou fazendo aqui? E se isto for uma brincadeira de mau gosto? E se quem fez isso foi o Nick para testar se realmente confio nele? Não, não pode ser, porque ele não teria mandado a Dana lá no mercado me falar aquelas coisas..."

Olhou o relógio: eram cinco horas e vinte minutos da tarde. Estava começando a ficar impaciente e já ia descer quando um barulho lhe chamou a atenção: o ronco de um carro se aproximando. Alice ficou quietinha e pôde ver o carro vindo pela estrada que levava à cabana. Seu coração deu um pulo ao reconhecer o carro: era o Corcel II de seu avô, que Nick passara a usar, pois tinha de carregar sempre muitas ferramentas, tábuas, canos etc. aonde quer que fosse. O carro parou próximo à cabana, e Alice viu Nick sair e dirigir-se a ela; quando estava bem próximo, a porta da cabana se abriu e uma jovem loira, muito bonita, que se parecia bastante com Alice, atirou-se em seus braços e beijou-o na boca. Alice sentiu seu coração parar de bater e uma dor imensa apoderar-se dele. Por entre a cortina de lágrimas que toldava sua visão, viu que Nick a erguera nos braços e rodopiava com ela, enquanto os dois sorriam alegremente. Fechou os olhos para não ver mais nada, e só os abriu quando escutou o som de uma porta batendo. Foi o tempo apenas de perceber que tinham entrado na cabana e fechado a porta.

Desceu da árvore, pegou sua bicicleta e saiu dali o mais rápido que pôde.

— E então, doutor, como ela está? — Vó Belinha perguntava preocupada.

— Ela vai ficar bem. Precisará de alguns dias de repouso para se recuperar, mas não há nada de grave. Vou receitar um antibiótico e um xarope para a tosse, só isso.

— Obrigada, doutor, o senhor me tranqüiliza bastante.

Alice olhava para o teto, tentando entender os últimos acontecimentos. Fora um sonho?

Vó Belinha entrou no quarto acompanhada de Nick. Os dois se postaram cada um de um lado de sua cama.

— Você está melhor, querida? Você nos deu um grande susto.

— Estou bem, Vozinha.

— Alice, meu amor, você quase nos matou de tanta preocupação...

Alice desviou o olhar de Nick e perguntou a Vó Belinha:

— O que aconteceu comigo, Vó? Me sinto tão fraca...

— Você passou três dias delirando, com febre e muita tosse. Dei-lhe chás e apliquei-lhe compressas, mas, como não estava resolvendo, decidimos chamar o médico de Santa Cruz para vê-la. Mas agora está tudo bem. Você pegou chuva na volta para casa e estava muito suada, deve ter se resfriado.

— Gostaria de ficar sozinha.

— Claro, querida, você precisa descansar. Eu e Nick voltaremos mais tarde. Vamos, Nick.

Depois que deixaram o quarto, Nick se dirigiu à cabana da amoreira. Quando ele se aproximou, a jovem loira saiu correndo da cabana e atirou-se em seus braços.

— Nick, que bom que você veio, meu amor, já estava ficando preocupada.

— Talita, por favor, precisamos conversar...

— O que foi, Nick? Você me prometeu que resolveria tudo o mais rápido possível; não está mudando de idéia, não é?

— Escute, Talita, muitas coisas aconteceram nesses últimos anos, muita coisa mudou; eu não sou mais a mesma pessoa, nem você...

— O que está querendo me dizer é que já não me ama mais, não é? — As lágrimas corriam por seu rosto. — Tudo o que passei, tudo o que suportei para chegar até você, todo o meu amor, de nada valeu, não é? Não significo nada para você?

Talita caminhava pela casa, enquanto as lágrimas corriam por seu rosto; estava desesperada.

— Você sabe o que é viver nas mãos daqueles bandidos, Nick? Sabe o que é ter de fazer tudo o que mandam, ter de deixar eles te usarem de todas as formas, porque senão eles te matam ou matam tua família?

— Talita, por favor...

— Não, Nick. Você não sabe o que é isso. Você teve seus pais mortos e se revoltou contra eles, mas nunca os enfrentou... Você fugiu, Nick, fugiu para o mais longe que pôde e nem se preocupou comigo, nem com o meu amor por você...

— Isso não é verdade...

— Cale a boca! — Estava descontrolada. — Você não sabe de nada, Nick, de nada. Você pensa que sabe das coisas, pensa que entende tudo e que tudo é muito simples. Acha que com algumas palavras pode curar a minha dor, o meu sofrimento... Enquanto você teve amor e carinho aqui, eu tive de aprender a roubar, tive de me prostituir para dar dinheiro ao Betão... e o que recebo em troca? E do que valeu tudo isso? Sabe o que me mantinha viva, Nick? A certeza do seu amor, a certeza de que quando te encontrasse você ainda me amaria e cumpriria sua promessa de se casar comigo e me tirar do Buraco.

Talita tinha o olhar perdido e parecia um passarinho abandonado, enroscada num canto da sala.

Nick a olhava com o coração partido; ele a amara um dia, porém seu coração hoje pertencia a Alice. Era com Alice que pretendia se casar. Mas não poderia abandonar Talita daquele jeito; precisava encontrar uma solução para o seu problema. E logo.

— Talita, escute-me. Eu amo você, é verdade, mas não amo mais como antigamente, não como um homem, entende? Amo você como uma irmã, a quem devo proteger e amparar. Não vou deixar você voltar para aquele lugar imundo, e o Betão nunca mais terá poder sobre você. Você ficará aqui comigo e encontrará alguém que a ame de verdade, eu prometo...

— Promete? Você promete? E quem é você para me prometer alguma coisa, Nick? — Seus olhos brilhavam de raiva.

— Agora é diferente, Talita. Aqui é um lugar calmo, pequeno, as pessoas são boas. Aqui nós podemos fazer planos, entende?

— Que planos? Planos sem você? Pensar num futuro em que você se casará com outra? Você ainda me ama, Nick! Você correspondeu aos meus beijos quando nos reencontramos, lembra? Lembra como rimos, como você me pegou nos braços e rodopiou comigo? Você estava feliz por me ver, e isso é amor!

— Eu fiquei feliz, é verdade, mas foi por ver você bem, por saber que você estava viva e tão perto. Isso aliviou meu coração de um peso imenso, pois não sabia o que tinha lhe acontecido, Talita. Você agora faz parte da minha família, você é a irmã que nunca tive e o irmão que eu perdi...

Talita soltou uma gargalhada.

— O irmão que você perdeu? Tem certeza, Nick? — Continuava rindo.

— Do que você está rindo, Talita? Você sabe muito bem que o Sandro está morto. É impossível que você, vivendo no Buraco com o grupo do Betão, não saiba que Sandro foi assassinado.

— Foi mesmo? Como você é ingênuo, Nick! Não sabe de nada mesmo...

Nick foi até onde Talita estava e segurou-a com força pelos braços, sacudindo-a:

— Do que você está falando? Que história é essa agora? Eu vi com meus próprios olhos, vi a foto no jornal, era ele, era o Sandro...

— Não era, não! Você foi tão bem enganado quanto todos os outros.

Nick estava pálido. Pôs as mãos na cabeça; ela estava girando. Não entendia mais nada. O que Talita estava querendo fazer com ele?

— O cara que você viu na foto não era o Sandro. O Sandro está vivo, Nick, e vem atrás de você! É por isso que precisamos sair daqui o quanto antes. Não queria te contar porque isso tudo é muito terrível e não queria ver você sofrer. Mas você me forçou a isso, Nick. Você tem de ir comigo, nós temos de ir embora o quanto antes!

— Que história maluca é essa, Talita? Por favor, não estou entendendo nada...

— Eu vou te explicar: quem manda lá no Buraco é o Betão, e ele é protegido do chefão do Clube, por isso ninguém mexe com ele. Acontece que o Sandro tava querendo tomar o lugar do Betão e já tinha muita gente do lado dele.

Daí o Betão começou a desconfiar, e o Sandro, para provar que era mentira, armou uma tocaia pra te matar e depois matou o teu pai e a tua mãe.

— Não, isso não é verdade! O Sandro nunca mandaria matar o pai e a mãe, nunca!

— Isso você não tava lá pra ver, mas por acaso você não viu o Sandro no dia em que te pegaram? Ele prometeu ao Betão que faria o serviço com as próprias mãos.

Nick lembrou-se daquele dia. Era verdade, fora o Sandro quem comandara tudo.

— Bem, o Sandro achou que estava tudo muito bem, porque tinha eliminado a própria família, só que você não morreu, e o Betão ameaçou matá-lo. Então o Sandro mandou o pessoal acabar o serviço lá na casa do Tio Inácio e fingiu a própria morte.

— Mas eu vi a foto do jornal: era o Sandro.

— Não, Nick, era alguém parecido com o Sandro. Isso é moleza, eles caçam na rua alguém parecido e montam a cena; à noite e com o rosto machucado, ainda por cima sem documentos, tudo fica muito parecido.

— Meu Deus! — Nick estava arrasado. — Mas por que você disse que ele vem me pegar?

— Porque o Betão tá na cola dele, e você é o seu salvo-conduto. Se o Sandro te entregar para o Betão, ele vive, se não te entregar, ele morre. Eu consegui chegar aqui antes dele, mas, se me pegar, ele não vai pensar duas vezes para me matar também.

— Isto tudo é loucura, é loucura! Isso não pode estar acontecendo comigo, não pode!

— Eu não estou brincando, Nick. A gente precisa sair daqui o quanto antes. Não é só a sua vida que corre risco, lembre-se de Alice e da Vó Belinha.

Nick pegou o carro e saiu sem destino. Dirigiu por algum tempo e parou próximo a uma fazenda que conhecia, numa estrada secundária. Saiu do carro, caminhou alguns minutos e depois parou à beira de um pequeno riacho. Sentou-se numa pedra e tentou botar as idéias em ordem. Precisava ter calma, precisava pensar muito e não tomar nenhuma decisão precipitada; tinha um problema e precisava achar a solução...

Nick já estava ali havia algum tempo quando ouviu um movimento atrás de si. Virou-se e olhou assustado. Naquela região, cobras e outros pequenos bichos eram muito comuns, e Nick tinha um certo medo pelos porcos do mato. Olhou atentamente, mas não viu nada. Percebeu que começava a escurecer e que estava distante do carro. Começou o caminho de volta entre as árvores quando, de repente, algo saltou à sua frente. Nick abriu a boca com espanto e ia dizer algo, mas não teve tempo: um soco o fez desmaiar.

Vó Belinha ia levar um chá para Alice quando ouviu alguém bater à porta.

Levou um susto, era uma moça bonita, muito parecida com Alice, ao menos fisicamente.

— Entre, senhorita, em que posso ajudá-la?

— A senhora com certeza é a Vó Belinha, não é?

— Sou sim. E quem é você?

— Meu nome é Talita. Eu sou amiga de Nick, lá de Santo Antônio. Ele me falou que Alice estava doente e pediu que viesse vê-la.

Vó Belinha ficou um pouco surpresa. Nick já lhe falara de Talita uma vez, porém não lhe dissera que estava na cidade, se bem que ele andava um pouco estranho nos últimos dias, mas ela achara que fosse por causa da doença de Alice. Talita parecia uma boa moça: educada, meiga e um pouco assustada.

— Claro, minha querida. Seja bem-vinda, eu estava mesmo preparando um chá para Alice. Venha, vamos lá em cima ver como ela está.

Ao chegarem ao quarto, Vó Belinha pôs o chá sobre a mesinha-de-cabeceira e chamou por Alice.

— Alice, acorde, minha querida. Você tem visita!

Alice abriu lentamente os olhos e focalizou a moça à sua frente.

Ela estava sorrindo...

Nick sentiu a água fria correr por seu rosto e despertou. Tentou erguer-se, mas não conseguiu, descobriu que estava com as mãos amarradas às costas e que também havia uma corda em torno de seus tornozelos.

Estava numa cabana improvisada com um pedaço de lona velha e galhos de árvores; desconfiava que estivesse no meio da mata, pois sentia frio e havia pouca luz, como se a noite estivesse próxima. Compreendeu que haviam jogado água em seu rosto para que acordasse. Tentou mover-se, e alguém o puxou por trás, pelos braços, e o encostou de forma que ficasse sentado com as pernas esticadas.

Nick já sabia quem ia aparecer diante de seus olhos, mas, mesmo assim, fechou-os, recusando-se a vê-lo.

O homem caminhou, postou-se na frente de Nick e sentou-se num pedaço de tronco:

— Abra os olhos, Nick, e olhe para mim. — Era uma ordem.

— Você está morto!

— Não, não tô. Olhe logo pra mim e deixe de sê besta, não temo tanto tempo assim pra perdê.

Abriu os olhos e encarou o irmão, aquele que julgava morto e por quem chorara havia alguns anos, aquele que voltara para matá-lo, como Talita o havia avisado.

— Se você veio para me matar, por que não acaba logo com isso? — Tentava se soltar, mas as cordas estavam bem firmes em seus pulsos e tornozelos.

— Eu não vô te matá.

— Então por que me bateu e me amarrou deste jeito?

— Porque se não fizesse isso tu ia fazê o maior dos escândalo e ia chamá muita atenção. Preciso que tu fique calmo até entendê o que tá acontecendo.

— Eu já sei o que está acontecendo, a Talita já me contou.

— Sei, e tu acreditô em tudo que ela disse, não é? — Sandro sorria com sarcasmo.

— É mais fácil do que acreditar num morto, pode ter certeza.

— Escuta aqui, Nick, já tá anoitecendo e nóis tamo aqui jogando conversa fora. Eu vou te contá o que tu precisa sabê e depois nóis dois temo que cair fora daqui, por isso presta muita atenção no que eu vou te dizê. Quando tu fugiu de Santo Antônio, a Talita foi procurá o Betão. Ele tava sem mina porque tinha mandado matá a Tina, que era a mina dele, e, então, era a chance que a Talita esperava. Ela tava te odiando porque tu fugiu sozinho e abandonô ela. Ela nunca vai te perdoá por isso; só que pra sê a mina do Betão tem que sê especial, e a Talita ainda não era, então ela teve que aprendê a roubá, usá droga, sangrá otário e outras coisas. E isso ela aprendeu ligeiro. Hoje ela é respeitada por todo mundo no Buraco e é a mina do Betão.

Sandro parou de falar e ficou observando a reação de Nick.

— Por que que você está inventando tudo isso? Se é para isso que me trouxe aqui, perdeu seu tempo. Você esteve morto todos esses anos, nunca se preocupou comigo, nem quando era vivo você se preocupava comigo, por que iria se importar agora?

— Isso não é verdade, Nick. Eu sempre tentei te protegê, só que do meu jeito. Tu era diferente, Nick, desde pequeninho, era só olhar pra ti e a gente via que não era do nosso mundo. Foi por isso que eu pedi pra mãe nunca te deixá ir pro campinho com a gente, porque lá não era lugá pra ti. Se o Betão botasse o olho em ti, ele ia vê que tu nunca ia sê bandido e ele ia te apagá. Por isso eu comecei a falá que tu era maricas, assim ele ia te deixá em paz por algum tempo.

— E quando os carinhas me pegaram a primeira vez e depois começaram a fazer tocaia pra mim, por que você não impediu?

— Porque fui eu que mandei eles te tocaiá. Era pra tu te mandá do Buraco, Nick. Tu arranjô um lugá com gente boa, então tu tinha que ficá com eles. Mas não, tu era muito otário, dava a maior bandeira que tava ganhando grana e ainda voltava pra casa todo dia pelo mesmo lugá. Aquilo foi pra ti dá um susto e tu nunca mais voltá pro Buraco, mas tu era teimoso feito uma mula ou era muito burro, não sei, porque sempre voltava.

— Eu não ia abandonar o pai e a mãe como você fez. Alguém tinha que levar comida para casa e saber se estavam bem.

— A mãe e o pai nunca se preocupô contigo, Nick. Ela por acaso se preocupô quando tu chegô quebrado em casa? Ela te perguntava aonde tu ia ou o que fazia pra trazê comida pra casa? Ela tava pouco se lixando com o que tu fazia ou deixava de fazê, ela só queria a comida. E o pai tava sempre bêbado, nem lembrava se tinha filho ou não.

— Foi por isso que você os matou, Sandro?

Nick procurou olhá-lo nos olhos, queria ver se seria capaz de falar a verdade e se havia algum sentimento nele.

Sandro o olhou de forma fria. Seu rosto estava tão impassível quanto uma pedra.

— Eu não tive escolha.

Nick não podia acreditar, esperava que Sandro fosse negar e lhe explicar que não fora ele que matara os pais, mas não, ele não negou.

— Por quê? — Sua pergunta foi quase um sussuro.

— Vou te falar, cara, mas vô sê rápido. Tô te avisando que nóis tamo perdendo tempo aqui e depois tu vai me dá razão. O Betão é quem manda no Buraco e tem proteção do chefão do Clube. Acontece que o Buraco é apenas uma escolinha, e eu quero mudá isso; tem muita gente do meu lado que também tá a fim de pegá pesado e garanti uma grana legal, só que pra fazê isso era preciso que o chefão fosse outro, por isso tive que esperá todos esses anos. Agora as coisas mudaram, apagaram o antigo chefão, e o cara que tá no lugá dele é meu amigo; o Betão não tem mais proteção, e mais gente veio pro meu lado. Eu tava preparando tudo pra assumi o lugar dele, só que teve gente que me dedurou e o Betão me deu uma prensa. Eu neguei tudo, mas sabia que o Betão não era otário, além do mais eu tava saindo com a mina dele, a Tina, e ele tava desconfiado, sabia que não ia saí dessa vivo, por isso tive que jogá pesado. Neguei tudo e disse que era fiel a ele; ele me pediu uma prova. Você nunca vai entendê, Nick, porque nunca pertenceu ao Clube e não sabe o que significa "lealdade" ou "prova". Sabia que ele ia matá o pai e a mãe, mas não podia fazê nada, tive que ficá quieto. Porém, quando ele mandou te apagá, me ofereci pra fazê o serviço dizendo que eu odeio maricas.

— E eu quase morri. Lembro muito bem de você rindo, com a arma na mão, enquanto eu apanhava. Nunca vou esquecer disso Sandro, nunca.

— Tu só tá vivo porque eu deixei, cara. Se tu lembra bem de tudo, então tu também deve di lembrá que eu falei pra eles não te sangrá. Tu acha que os cara são otário pra fazê um serviço pela metade? Eles só não te sangraram porque eu tava no comando, e a maioria dos cara era do meu lado. Quando tu desmaiô eu falei pra eles que tava bom e que era melhor deixá tu morrê sozinho. Pro Betão eu disse que tinha escolhido uma morte mais lenta e dolorida pra ti, e ele acreditou. Só que tu não morreu, e eu sabia que ele ia mandá me matá; mas ele não contava com uma coisa: o braço direito dele, o Esquilo, era um dos meu, e ainda por cima me devia uma, porque eu salvei a vida dele uma vez. Então eu tinha uma chance. O Betão mandou apagá eu e a Tina junto e armou uma pra gente numa praia pouco movimentada. Só que o Esquilo me avisou que precisava me apagá e eu me mandei; daí ele arranjô um mané parecido comigo e queimou ele no meu lugá; como era de noite e eles tavam a uma certa distância, ninguém desconfiou de nada.

Nick lembrou-se de Tina, a morena bonita de voz suave que ele conhecera aos dez anos de idade.

— Eu gostava dela, era muito bonita — Nick falou quase sem querer.

— Ela era minha mina — Sandro falou sem encará-lo, e Nick percebeu que aquela era a forma de ele dizer que a amava. Pela primeira vez Nick percebeu que havia algum sentimento dentro dele.

Sandro ficou com o olhar perdido por um instante, mas logo voltou à sua história.

— O Esquilo arranjô um esconderijo legal pra mim, ele sabia que, assim que a poeira baixasse, eu ia tomá o lugar do Betão e ele ia sê o meu braço direito. Fiquei sabendo que o Betão mandou o Esquilo acabá o serviço lá na casa que tu tava morando, mas ainda bem que tu finalmente sacou tudo e se mandô, porque senão o Esquilo teria te apagado; ele tava cumprindo ordem e eu não tava no comando.

— Belo amigo você tem, hein?! — Agora era Nick quem sorria com sarcasmo.

Sandro o olhou sério e continuou.

— O Esquilo me manteve informado de tudo, e durante algum tempo eu fiquei tranqüilo. Depois comecei a andá por aí fazendo meus contato pra tomá o lugá do Betão, mas sem dá bandeira, eu era como um fantasma. Daí fiquei sabendo de tudo sobre a Talita; que ela tava querendo o lugá que tinha sido da Tina e tava fazendo de tudo pra consegui. Todo mundo no buraco ficou sabendo que tu era maricas mesmo, pois a Talita ainda era virgem quando se entregô pro Betão.

Nick ia dizer algo, mas Sandro fez sinal de que estava com pressa para terminar a história.

— Daquele dia em diante ela dizia pra todo mundo que ia sê a rainha do Buraco, e ninguém duvidô. Ela caía na porrada com outras pretendente, aprendeu a roubá, a fumá, usá droga, a sangrá e ganhou o direito de usá uma arma. No gatilho, ela é até melhor do que eu. — Sandro falou a última frase com algum respeito. — Ela se deu tão bem que o Betão acabô se apaixonando por ela, e não foi só ele. O idiota do Esquilo também ficou caidinho, e ela percebeu; começou a dá mole pra ele e a coisa rolô. Um dia ela veio com um papo de querê muito sabê de ti e que ficou muito triste com a minha morte, daí o Esquilo não agüentou e abriu o bico; contô que eu tava escondido e que sabia pra que lado tu tinha ido. Ele não sabia que a cobra tava pronta pra dá o bote e, quando percebeu, já era tarde. Talita vomitô tudo pro Betão e ele mandô pegá o Esquilo. Torturaram ele até confessá tudo e dá o meu esconderijo; ele morreu de uma forma que tu não ia gostá de sabê. Um cara do grupo me deu o aviso e eu me mandei a tempo; só que a Talita fez uma promessa pro Betão: levá eu e tu pra ele, vivo ou morto. Se ela fizé isso, será a rainha do Buraco, e ninguém, nem o Betão, vai mandá nela, ela vai tê passe livre.

Nick o olhava espantado. Estava muito escuro na cabana e conseguia apenas ver os olhos e os dentes de Sandro quando falava. Tentava imaginar a Talita que conhecia, aquela menina ingênua que brincara com ele na cerca, transformando-se no que havia de pior na espécie humana.

— Ela é muito esperta e sabia que seria fácil pegá a gente, sabia que eu ia sê informado dos plano dela e que ela vinha pra cá e, é claro, eu ia tentá te salvá. Portanto, ela pegava nóis dois junto de uma só veiz. Eu cheguei aqui um dia depois dela e consegui descobri tudo o que preciso. Este lugá aqui é muito pequeno, é fácil de achá tudo, basta ouvi o vento.

Nick entendeu o que Sandro queria dizer: as pessoas ali falavam de tudo e de todos espontaneamente, embora sem maldade.

— Talita veio te procurá e foi pará num sítio, onde encontrô uma aliada. Parece que nem todo mundo por aqui morre de amor por ti, não é? Essa tal de Dana alugô uma cabana pra ela dizendo que ela era sua sobrinha e prometeu facilitá as coisas pra que ela te levasse pra longe daqui. Parece que elas se entenderam tão bem quanto duas venenosa da mesma espécie.

Nick não viu, mas percebeu na escuridão que Sandro cuspia no chão.

— Dana passô toda as informação pra Talita, onde tu mora, com quem, se tu tem namorada, tudo. Talita sabe exatamente qual o teu ponto fraco e qual o melhor momento de usá eles... — Sandro fez uma pausa e, acendendo uma lanterna, jogou a luz no rosto de Nick, dizendo: — Este é um bom momento, não acha?

Nick não entendeu direito o que ele queria dizer, mas sentiu um frio subir por sua espinha e teve uma sensação horrível.

— O que você quer dizer com isso?

— Que desde que chegamo aqui tô te dizendo que tamo perdendo tempo, cara. Mas tu é muito cabeça-dura, e eu sabia que, se não te contasse a história toda, tu nunca ia acreditá em mim. Já anoiteceu, cara, e eu dô a bunda se a Talita não tivé ido falá com a Vó Belinha e a tua namorada, e a essa hora tudo pode tê acontecido, cara. Ela é muito esperta e nóis demo muito tempo pra ela... agora vamo tê que pagá pra vê.

Nick suava frio. Se Talita fosse realmente o monstro que ele descrevera, então tinha razão, algo de muito ruim poderia ter acontecido enquanto estavam ali conversando.

— O que nós vamos fazer agora?

— Primeiro eu vô te soltá e nóis vamo até o teu carro. Eu tenho um plano. Anda, vamo logo, no caminho eu te explico.

— Sandro! — Nick chamou, e era como se estivesse novamente em seu quarto, com dez anos de idade, procurando pelo irmão mais velho no escuro.

— Que foi?

— Obrigado por vir me salvar... e desculpa não ter confiado em você.

— Não me agradece, cara. E não te esquece de uma coisa: eu sô um bandido, nunca vou sê igual a ti.

12

NICK CHEGOU EM CASA tarde da noite. Vó Belinha estava muito angustiada, imaginando que algo de muito ruim houvesse acontecido.

— Nick! Graças a Deus você chegou, querido, já estávamos apavoradas.

— Eu estou bem, Vó. Como está Alice?

— Ela está melhor, está lá em cima conversando com sua amiga Talita. Ela veio nos visitar e nos contou o risco que você corre, meu filho.

Sentiu um aperto no coração. Alice estava doente, estava fraca e muito frágil emocionalmente. Não queria magoá-la... Tinha uma vontade louca de pôr Talita dali pra fora aos murros e contar toda verdade a Alice, mas não podia fazer isso.

Subiu as escadas e parou diante da porta do quarto dela. Abriu a porta lentamente. Talita falava de forma animada, e Alice a ouvia com um meio sorriso no rosto. As duas olharam para ele.

Viu que havia uma tristeza profunda no olhar de Alice e percebeu o quanto estava fraca e abatida. Talita tinha um brilho no olhar. Ao vê-lo, caminhou apressadamente em sua direção e o abraçou fortemente:

— Nick, que bom que você chegou, estava tão preocupada, estava com o coração nas mãos! — Ela demorou-se um pouco para soltá-lo.

— Estou bem, obrigado. Demorei um pouco porque tive de ajudar um vaqueiro com alguns bois desgarrados.

Percebeu que Talita olhava para seus pulsos, onde havia marcas da corda que Sandro amarrara.

— O que significa isto? — Havia uma certa desconfiança no olhar dela, e Nick lembrou-se de que Sandro dissera que era muito esperta.

— Oh, isto? Enrolei a corda nos braços para segurar um dos bois, mas ele era mais forte do que eu, só isso.

Nick dirigiu-se para a cama de Alice e agradeceu em silêncio por Talita não poder ver as marcas em seus tornozelos.

— Olá, Alice! Como está se sentindo hoje? — Havia doçura na voz dele, porém não lhe chamara de "meu amor" como sempre, e ela percebeu...

— Estou melhor, Nick, mas nós precisamos conversar. É melhor chamar a Vó Belinha...

— O que está acontecendo? — Nick perguntou olhando para Talita, que os observava de pé.

— Eu expliquei a elas que nós precisamos partir, Nick. E logo. — Talita falava com muita segurança e o tratava como se já tivesse decidido tudo por eles, o que deixou Nick irritado. Além do mais, Nick queria conversar a sós com Alice e explicar-lhe o que realmente estava acontecendo.

— Está bem, Talita. Então, por favor, vá lá embaixo chamar Vó Belinha para que possamos conversar.

Talita deixou o quarto e Nick aproveitou para sentar-se ao lado de Alice e pegar-lhe a mão:

— Meu amor, não posso lhe explicar tudo agora, mas por favor, confie em mim e me espere. Vou voltar, Alice, vou voltar pra você e nós nos casaremos e seremos felizes, meu amor. Eu prometo!

Alice soltou a mão que ele prendia na sua e olhou para o lado. Havia lágrimas em seus olhos:

— Você já tem uma promessa a cumprir, Nick, e não é comigo. Além do mais, você precisa partir, precisa salvar sua vida...

Nick não pôde dizer mais nada. Vó Belinha e Talita chegavam ao quarto.

Partiram naquela mesma noite. Nick colocara algumas roupas numa mochila, e eles foram num jipe que Talita havia alugado de um fazendeiro. Nick achou estranho que ela já tivesse tudo pronto, porém não questionou. Ela dissera que durante a viagem teriam muito tempo para conversar.

Despediu-se rapidamente de Vó Belinha e de Alice, pois segundo Talita era preciso aproveitar o resto da noite e a madrugada para ganharem tempo, pois só estariam seguros bem longe dali.

No caminho Nick usou a desculpa de ter que se concentrar na estrada, pois quase não havia iluminação, para não conversar com Talita. Em seu coração uma dor imensa fizera morada; Talita se tornara uma marginal, e ele sabia que tinha sua parcela de culpa nisso, pois quando pequena mostrara a ela um futuro que não lhe pudera dar e então a abandonara. Recordou a menina bela e meiga que Talita fora, e uma lágrima escapou de seus olhos.

— Não chore, Nick, um dia você vai voltar.

Ele nada disse.

Já haviam partido fazia quase uma hora quando atravessaram uma ponte de concreto. Logo à frente Nick avistou uma árvore frondosa próximo a uma curva. Diminuiu a velocidade do jipe e começou a aproximar-se da árvore.

— O que você está fazendo? — perguntou Talita muito nervosa.

— Preciso parar para fazer xixi, não agüento mais.

Parou o jipe e preparou-se para saltar. Talita segurou-o pelo ombro.

— É bom que não esteja pensando em fugir, Nick; eu me arrisquei muito para vir aqui te buscar e tudo o que estou fazendo é para o seu bem, embora você pareça não acreditar.

Ele olhou-a nos olhos e por um momento seu coração fraquejou. Viu neles o medo, a insegurança e algo mais que não soube distinguir... talvez fosse ódio. Sabia o que devia fazer e sabia que *tinha* de fazer, já não podia voltar atrás. Sentiu-se a pior das criaturas e, por um momento, pediu a Deus que aquilo tudo fosse um grande pesadelo...

Com um salto saiu do carro e caminhou em direção à mata.

— Nick, aonde você pensa que vai? — Talita gritou de forma ameaçadora.

Sentiu as pernas tremerem, mas não parou.

— Nick! — Fora um grito desesperado.

Não agüentou mais e virou-se. Entre as lágrimas, viu Talita de pé ao lado do jipe apontando uma pistola 9 mm para ele. Atrás dela viu um homem aproximando-se lentamente com uma AK-47 na mão. Numa fração de segundo, pensamentos malucos passaram por sua mente, e ele decidiu: "Vou gritar que ela se abaixe".

— Talita...

Nick começou a falar, mas não conseguiu terminar a frase. Ele a viu puxar o gatilho, e uma dor imensa surgiu em seu peito. Tombou para trás ao som dos disparos de uma metralhadora ...

13

A IGREJA ESTAVA LOTADA para o casamento. Apesar de algumas pessoas presentes nem sequer conhecerem os noivos direito e de a maioria não ter sido convidada, um casamento em Mirinápolis era algo tão raro que ninguém queria perder o acontecimento.

Alice entrou acompanhada de Tio Inácio, que, comovido, não disfarçava a emoção. Num vestido branco simples, que lhe cobria completamente as pernas, apesar do calor, e lhe deixava a cintura bem marcada, com uma maquiagem muito leve, Alice trazia os cabelos soltos, presos apenas por uma coroa de flores naturais.

Nick a achara belíssima, pura, verdadeira; sem máscaras nem enfeites, Alice era ela mesma, em seu jeito meigo e doce, sem *glamour*, sem pompa. Ali estava a mulher que ele amava e que seria a mãe de seus filhos.

A cerimônia foi rápida, e Nick só conseguiu se concentrar no momento mais importante:

— Nícolas Menno, aceita Alice Dantini como sua mulher e lhe promete ser fiel na alegria e na tristeza, na saúde e na doença, amando-a e respeitando-a por todos os dias de sua vida?

— Aceito e prometo!

Ouvira com alegria quando Alice dissera: "Sim, eu aceito e prometo!".

Depois disso, tudo o que queria era pegá-la no colo e girar com ela nos braços, dando vivas de alegria. Seu sonho estava completo.

Quando saíram da igreja, Alice voltou-se para trás e atirou para as pessoas o seu buquê de flores. Uma menina de uns dez anos de idade pegou-o e dava pulos de alegria. Ela sorriu com a felicidade inocente da garota.

Nick e Alice estavam felizes. A vida estava sendo muito generosa com eles. Ambos tinham motivos para baixar a cabeça e reclamar do destino, que os fizera perder tantas pessoas queridas. Mas preferiam esquecer o passado e celebrar a vida, o amor... Nick já não pensava mais em seus pais e no destino que aguardava seu irmão. Aceitara que, se assim Deus havia decidido, então que assim fosse. Nada podia fazer para mudar o passado. Quando Sandro explicara seu plano, recusara-se a participar, porém ele prometera só usar a arma em último caso; precisava levar Talita de volta, pois não era só a vida dele e a de Nick que estavam em jogo, mas também a de Alice e de Vó Belinha. Sandro convencera Nick quando dissera:

— Nóis semo bandido, Nick, e temo nossa própria lei. Tu nunca vai mudá nem eu nem a Talita, e ela não vai pensá duas veiz se tivé que atirá em alguém.

Nick acreditou nele quando chegou em casa e encontrou Talita, quando viu a dor nos olhos de Alice e tentou imaginar o que Talita havia dito a ela, quando Talita saiu e em menos de dois minutos voltou com o jipe... e não teve mais dúvidas quando a viu com a arma apontada para ele.

Ainda sentia um aperto no peito ao lembrar-se de Talita. Por que tudo terminara daquela forma? Talvez as conversas que tiveram na cerca que separava suas casas não tivessem sido suficientes para influenciá-la a buscar o caminho certo, talvez não. Talvez o ódio que ela sentira por ele tê-la deixado tivesse sido bem maior que tudo, talvez. O mundo era feito de "talvezes", e para muitas questões nunca haveria uma resposta. O que Nick aprendera em sua vida era que cada um escolhe seu caminho, cada um faz sua opção entre o bem e o mal, ninguém pode fazer isso pelo outro.

Quando saiu da UTI do hospital alguns dias depois e soube que não morrera por pouco, já que o tiro acertara logo abaixo do coração, perguntou-se se ela errara de propósito. A notícia de que ele e Talita (uma prima que viera visitá-lo) haviam sido assaltados na estrada e baleados por bandidos que desapareceram sem deixar pistas espalhara-se rapidamente, mas ninguém nunca mencionou Sandro, o que significava que ele alcançara seu objetivo e voltara para o seu próprio mundo.

Nick tentara influenciá-lo, falando da vida que poderia levar em Mirinápolis. Mas Sandro deixara claro que jamais haveria lugar para ele no mundo em que Nick vivia:

— Nóis semo diferente, cara. Se eu te pedisse pra vir morá comigo, no meu mundo, tu ia vim? Claro que não, porque tu não pertence ao meu mundo, tu é muito certinho, cara, tu não nasceu pra sê bandido. Agora eu, eu *quero* sê bandido, entendeu? Eu escolhi vivê assim e vô morrê assim. Esse teu mundo não me interessa.

Sabia que nada do que dissesse o faria mudar de idéia, por isso não insistiu. Sandro voltara para seu mundo e morreria nele. Fora sua opção.

Alice às vezes se perguntava por que Deus a privara de conhecer os pais. Eles tinham falecido quando ela era bebê. Sua avó sempre dizia que eles eram pessoas maravilhosas, que com certeza a amariam muito e que teriam muitos outros filhos, pois adoravam crianças. Ela não tinha certeza de que isso fosse verdade, mas preferia acreditar que sim, amava a lembrança de seus pais e rezava por eles.

Juntos, Nick e Alice tinham passados difíceis.

Juntos, formavam um casal bonito e feliz, que se amava acima de tudo.

O passado fora muito exigente e severo com eles.

O presente era o maior prêmio que poderiam receber.

O futuro era um horizonte de vida e sol, no qual vislumbravam a realização de seus sonhos. Teriam filhos, cuidariam de Vó Belinha, do casarão e da cidade de Mirinápolis. Protegeriam seu pequeno mundo com amor, trabalho e dignidade.

Que os anjos digam amém!